LA MEJOR PERSONA

XAVI PUIG

LA MEJOR PERSONA

temas de hoy

121

Corrección de estilo a cargo de Rosa Iglesias Madrigal

temas de hoy, un sello editorial de Editorial Planeta, S. A.
Avda. Diagonal, 662-664, 08034 Barcelona (España)
www.planetadelibros.com

Primera edición: septiembre de 2023
ISBN: 978-84-9998-984-6
Depósito legal: B. 12.848-2023
Composición: Realización Planeta
Impresión y encuadernación: Huertas Industrias Gráficas S.A.
Printed in Spain - Impreso en España

A Dani

RE:

Natalya:

Me preguntas cómo estoy y sé que podría salir del paso diciéndote que bien, pero sería mentira. Me niego a despacharte con fórmulas vagas o protocolarias, a cambiar de tema y seguir como si nada. Yo también busco «una persona buena», pero no para una relación frívola y superficial. No estoy acostumbrado a despertar el interés de otros y quiero aferrarme a esa oportunidad que tú me brindas para corresponderte con algo limpio y auténtico. Sé que suena cursi, pero tengo esa ambición, la ambición de una amistad «dulce y tierna», pero también profunda, y ojalá estés por la labor. He decidido mostrarte, pues, mis cartas, así que tomo tu pregunta como una excusa para abrirme a ti como no me he abierto aún a nadie.

¿Cómo estoy? Deja que me ayude con una analogía: me encuentro orinando de pie en el retrete de un bar; de repente, se apaga la luz y me quedo a ciegas en un cubículo apestoso, pisando un charco y con los pantalones por los tobillos. Palpo la pared con una mano mientras agito la otra esperando que se active el sensor de movimiento, pero nada. Empiezo a sospechar que ese sensor no existe o, al menos, no funciona. Por algún motivo, quizá por los nervios, no encuentro el pomo de la puerta. Me subo los pantalones, dando ridículos saltos, y empujo la puerta con la espalda, pero nada se mueve. Pasan los minutos y mis ojos siguen sin acostumbrarse a la oscuridad. Me asalta entonces una convicción absurda: se ha ido la luz en todas partes. Se ha ido la luz en el mundo. Tengo la sensación de que no existe nada fuera de ese metro cuadrado en el que me he quedado atrapado y que es y será para siempre mi ataúd. Ya no recuerdo cuándo se apagó la luz en mi vida, si es que hubo luz alguna vez. Hace quince años entré a trabajar de grabador de datos en Jenkins & Co. y en sus oficinas sigo aún encerrado como el primer día. Me siento solo y ninguneado, todo me pesa y no puedo moverme para escapar, pues me paraliza una ceguera emocional que ya es parte de mi personalidad. No conecto con nadie y hago el ridículo una y otra vez en mis tentativas de interactuar con otros.

El mes pasado, mi jefa organizó una actividad de *team building* que consistía en una visita a un campo de *paintball.* El principal germen del mal ambiente laboral es, creo yo, la competitividad, porque lleva al individualismo, al recelo, al miedo a ser aplastado. Y para que haya buen rollo proponen que nos acribillemos unos a otros con bolas de pintura. De verdad que no lo entiendo, me parece abominable, pero no pude negarme a ir porque lo último que necesito es aislarme aún más. Así que fui y, una vez allí, en pleno combate, no sé qué me pasó por la cabeza que me puse a disparar a los miembros de mi propio equipo como si me hubiera vuelto loco.

Gritaba con rabia, como poseído. Vacié el cargador en sus máscaras protectoras, apuntando a aquellos ojos como platos escondidos tras una fina lámina de plástico, ojos de conejo aturdido en mitad de una autopista. Me sentí como se sentiría Jackson Pollock (es un pintor) frente a una tela en blanco. Fui expulsado de la partida y me quedé sentado bajo un pino comiéndome un bocadillo de mortadela. ¿Por qué lo hice? Una forma de rebeldía, supongo. Y una muestra más de lo que te digo: no sé socializar.

El lunes siguiente me citó mi jefa en su despacho y me preguntó si estaba yendo a terapia, sugiriendo que debería ir. Con su bolígrafo de la empresa, apuntó un número de teléfono en un papel que lucía también el membrete de la compañía. La sugerencia era una orden, así que llevo varias semanas yendo a esa psicóloga.

Debo admitir que la doctora Toro parece una buena profesional porque no me pasa una. Es insistente, me hace trabajar la cabeza. Lo primero que me pidió fue que le hablara de mi infancia y de mis padres, cosa que yo pensaba que solo ocurría en las películas, que era un tópico. Pero no lo es. Y no negaré que mi infancia es un filón: empiezas a excavar en esa veta y no acabas nunca, aunque es cierto que encuentras de todo menos oro; mierda, la que quieras. Reconozco que se me da bien crear suspense, porque le dije: «Debería empezar contando cómo mi madre envenenó a mi padre». Ella se tensó al instante, como un hincha a punto de gritar un gol. Igual ha sido también tu reacción (no sé si sigues leyendo, discúlpame si me estoy alargando demasiado). El enunciado es un poco tramposo, no es que mi madre fuera una asesina. Se casó con una persona que en la convivencia diaria mostró su faceta iracunda, camuflada de manera conveniente durante el noviazgo. La mayor parte del tiempo era un individuo intratable, aunque en algunas ocasiones, movido por la culpabilidad, intentara compensarlo con regalos o invitaciones al cine. Imagino que por una cuestión de supervivencia, y porque a la pobre no se le ocurrió nada mejor que hacer, mi madre empezó a disolver pastillas en el café que le preparaba por las mañanas: calmantes que le facilitaba la farmacéutica del barrio, de quien siempre sospeché, aunque sin ninguna prueba (mi madre se quejaba constantemente de mi padre a quien tuviera a bien escucharla). Lo de las pastillas en el café lo supe años antes de que ocurriera el accidente y, a pesar de que mi padre murió sin enterarse, mi mayor miedo hasta entonces era que sorprendiera a mi madre con los calmantes en la mano y se liara una buena. Los escondía dentro de un bote de orégano, al fondo de un armario de la cocina. Yo sí la sorprendí con las manos en la masa. Tenía apenas doce años. Siempre he tenido fama de ser sigiloso. Muchas veces asustaba, sin pretenderlo, a mi hermana o a mi madre porque no me veían llegar y, como solía andar descalzo por la casa, tampoco oían mis pasos. «Eres como un gato», me decían. Ese día me había levantado de la cama a una hora inusual, alrededor de las seis de la mañana, y me planté en la cocina medio dormido. Ella se encontraba de espaldas a la puerta, en plena operación, confiada porque mi padre se estaba duchando. La observé callado y vi claramente cómo sacaba una pastilla de un bote del armario de las especias y la dejaba caer en la taza de café, la que siempre usaba mi padre, una con un escudo gastado del Real Madrid. Yo no sabía entonces que eran calmantes, pero comprendí que aquello no estaba bien, así que me fui antes de que me viera. Nunca le confesé que la había visto, y eso que siempre me intrigó aquel comportamiento. En más de una ocasión fantaseé con añadir una de aquellas pastillas a mi taza del ColaCao para ver qué me pasaba, si me crecía pelo en el pecho o barba como a mi padre. Guardé el secreto para protegerla, pues yo siempre estuve de su parte. Tenía muy claro quién era la víctima y quién el agresor en aquella casa, por mucho que yo respetara a mi padre. Al decir esto, la psicóloga me hizo algunas preguntas y la conversación (o, mejor dicho, el monólogo) se desvió un poco para acabar con la reflexión de que a lo largo de mi vida he sentido siempre una atracción malsana por la gente peligrosa. Cuanto más miedo me dan las personas, más las idolatro, y eso es algo que me afeaban tanto mi madre como mi hermana cuando tenía problemas en el colegio, que era casi siempre. Aunque la postura de la doctora es en teoría neutral, me quedó claro que ella culpa de esa tendencia a mi padre. Y ahí terminó la primera sesión.

Siento haberte apabullado con ese sartenazo de intimidades. Soy consciente de que lo normal es irse conociendo poco a poco, pero la comunicación por correo siempre es brusca, creo yo. Admito, además, que tengo cierta urgencia por mostrarme y por que tú también te muestres. Me siento solo, pero lucharé por contener mi hambre de amistad, pues sé que, de tanto quererla, me arriesgo a perderla.

RE: RE:

Natalya:

Lamento mucho esos problemas de dinero que tienes. Sé que Rusia es un país pobre, pero necesito valorar bien mi situación económica antes de nada. Para ayudar a los demás, uno tiene que ayudarse primero a sí mismo, como dicen en las instrucciones de los vuelos: en caso de accidente, lo prioritario es ponerse la mascarilla antes de socorrer al de al lado, incluso si es un niño indefenso. Esto no es ni un no ni una excusa, solo te pido tiempo para pensar porque mi situación en el trabajo no es la mejor y, por tanto, mi futuro es incierto.

Te contaba en el correo anterior que soy una persona sigilosa como un gato. Esto me ha permitido enterarme de algo que al principio me dio un poco igual, pero que en los últimos días ha empezado a preocuparme: en la oficina se me conoce como el Volao. Lo supe el martes porque oí a tres de mis compañeros hablar de mí en un pasillo. Estaban recordando la actividad de *paintball* y el momento en el que el

Volao se puso a disparar a su propio equipo. Luego hicieron algunos chistes sobre mí que decidí ignorar. Yo estaba buscando unos documentos en un pequeño almacén que da a ese pasillo. Permanecí allí dentro agazapado hasta que se fueron. No me parece raro lo del apodo; casi todo el mundo tiene uno, incluso varios, y me podría haber tocado uno peor. Pero me inquieta que aquel arrebato que sufrí en la actividad de *team building* haya marcado un antes y un después y que ahora tenga mala fama en la oficina. Por suerte, mi trabajo es individual y lo que se me exige es rapidez en el teclado, que es mi punto fuerte. No tengo que trabajar en equipo, podría decirse que soy una mera extensión del ordenador. Sin embargo, el hecho de que todos crean que estoy loco y que cualquier día de estos, con una excusa peregrina, podría levantarme de mi silla y agredir a los demás o hacerme daño a mí mismo, pone en jaque mi continuidad en la empresa. No tengo manera de explicar por qué hice lo que hice pese a que disparé siendo muy consciente de que no causaría daño a nadie. Sería incapaz de matar a una mosca. No me considero una persona violenta. Hablando del asunto con la doctora Toro, volvimos de nuevo a mi padre. Él era violento (irascible, mejor dicho), pero estoy seguro de que tampoco respondía al perfil de un loco capaz de matar. De hecho, qué demonios, la que mató (indirecta e involuntariamente, pero lo hizo) fue mi madre, la que en teoría era la víctima, una persona sacrificada y nada colérica. Una mártir. Yo me veo cosas de los dos: cierto apocamiento materno, mentalidad calculadora y sí, algún que otro arrebato propio de mi padre; pero son episodios puntuales que no representan una amenaza para la integridad de las personas de mi entorno. La psicóloga me pidió que elaborara una lista de arrebatos, dejando a un lado el del *paintball*:

1. Exigí a un taxista que parara en el arcén y me bajé del coche por la sospecha de que me estaba timando con el taxímetro, lo que me obligó a recorrer casi cinco kilómetros a pie, de madrugada y bajo la lluvia. El hombre no entendió nada porque no quise confrontar con él mi sospecha para evitar una discusión con un desconocido.
2. A veces, mientras hago la compra en el supermercado, me da la sensación de que me están vigilando porque creen que pretendo robar, ya sea porque me he metido la mano en el bolsillo de forma rara o porque no voy directo a coger lo que necesito, sino que deambulo (es cierto que muchas veces lo hago, pero porque me gusta recorrer con la mirada las estanterías por si veo algo que necesito y que no tenía previsto comprar). Cuando eso pasa, cuando siento que me han «señalado», dejo el carro tirado y me voy a toda prisa de allí con las manos vacías, cosa que aún levanta más sospechas. A veces finjo que me llaman por teléfono y que me comunican algo urgente que me obliga a salir pitando y a dejar a medias lo que estaba haciendo. Puede pasar una semana o más hasta que regreso al mismo súper; por eso a veces tengo que coger un autobús para hacer la compra en otro barrio.
3. En una ocasión se sentó una madre con su hijo frente a mí en el metro. El niño llevaba una máscara de Spiderman y, como me miraba, empecé a hacerle ese gesto con las manos que hace el hombre araña cuando dispara la red de la que se cuelga en las paredes. Yo mismo me di cuenta (demasiado tarde) de que ese gesto, que en mi cabeza tenía sentido, podía parecer obsceno. Me levanté enseguida y me fui a la otra punta del vagón

para bajarme en la siguiente parada. Estaba tan avergonzado que ni siquiera cambié de vagón; salí a la calle y tomé el autobús, que me deja bastante más lejos de casa.

4. En la terraza de un bar, me fijé en unas chicas muy monas que estaban en la mesa de al lado. Me dio vergüenza estar allí solo, pensé que me verían como a alguien patético, así que fingí que llamaba a mi *broker* y que ordenaba la compra de acciones de Jenkins & Co., que es la empresa en la que trabajo, para darme importancia. Usé varios anglicismos (*flow*, *marketplace* o *strike*) que ni siquiera sabía si eran correctos.
5. Me abrí una cuenta falsa en una red social y le mandé una foto de mi pene a una compañera de trabajo con la que no he hablado nunca; de hecho, ni me mira a la cara. A la foto adjunté el texto: «Otro día me saludas».

Acepto que soy un individuo peculiar, con problemas de socialización, y para muestra esos botones. Mi psicóloga ve en todos ellos el miedo como denominador común (miedo a no ser aceptado), pero conviene conmigo en que no son reacciones violentas (sin embargo, sí señaló que la fotografía íntima constituía una agresión o una forma de acoso, aunque fuera virtual). Son cosas que quizá justificarían el apodo del Volao, no lo niego; pero, aun así, me declaro cien por cien inofensivo. ¿Cómo podría transmitir a los demás que soy incapaz de hacer daño? No sabría por dónde empezar. Sacar el tema ya pone el foco en la sospecha. *Excusatio non petita...*

La doctora habló de la ansiedad anticipatoria y me pidió que no me quedara atrapado en ese pensamiento (me refiero a la idea de que me consideran peligroso, una bomba de relojería). Dice que una buena conducta mantenida en el tiempo acabará haciendo olvidar la experiencia del *paintball*. En resumen, que el tiempo todo lo cura. «El tiempo todo... locura», le repliqué, no sé por qué. Supongo que por miedo a que tengan razón y esté loco. ¿Pero ese miedo no es acaso una prueba de que no lo estoy? Soy una persona articulada y racional. Quizá peco de exceso de autoanálisis, pero no me veo a mí mismo como el tonto del pueblo que le grita a los pájaros. ¡Un tonto del pueblo no habría sacado esas notas en Filosofía! La psicóloga me ha dicho que no soy el tonto del pueblo, que no me preocupe por eso. Que lo que me pasa es normal, y más teniendo en cuenta de dónde vengo. Pero no sé si fiarme de lo que ella considera normal, habida cuenta del perfil de pacientes que debe atender en su consulta.

¿Tú qué opinas? Es pronto aún para preguntar eso, ya lo sé. Solo espero que mi política de «total transparencia» no te asuste. Soy consciente de que me estoy jugando el todo por el todo.

RE: RE: RE:

Natalya:

Eres una persona insistente y de ideas fijas, me parece a mí. Eso es algo que tenemos en común. Me hago cargo del aprieto en el que estás, aunque agradecería más detalles al respecto. Tu prosa es directa; pero también escueta, incluso telegráfica. Supongo que por la dificultad del idioma. El español es más alambicado que el ruso, imagino, sin llegar a los extremos del francés o del italiano. En cualquier caso, necesito más margen de tiempo para renovar mi confianza en mi estabilidad económica. Solo entonces estaré en disposición de corresponderte. Deberíamos ver también cómo evoluciona esta amistad, ¿no crees?

Si sigo inseguro con mi futuro laboral es en gran parte porque esta semana me ha dado otro arrebato, aunque no violento. Analizándolo fríamente, fue una decisión razonable hasta cierto punto. Pero lo meto en el saco de los arrebatos porque no lo medité. Antes tendría que haberlo consultado con la psicóloga. No haberlo hecho demuestra que he sido incapaz de contener la ansiedad anticipatoria, como ella me había pedido. Los pensamientos intrusivos, propulsados siempre por el miedo, me arrollaron otra vez. Lo que hice (te lo estarás preguntando impaciente, ya te dije que soy bueno generando suspense) fue mandar un correo electrónico a la dirección *all recipients* para que llegara a toda la plantilla, incluyendo a mi jefa. Era un mensaje en el que pedía disculpas por mi comportamiento en la actividad de *team building*. Puse como excusa mi «incapacidad para gestionar situaciones de elevado estrés, como, por ejemplo, un tiroteo simulado». Pensé que era una justificación audaz porque en ella expresaba mi absoluto rechazo a la violencia. Luego me arrepentí de haber elegido la palabra *tiroteo*, que en mi opinión invoca el monstruo de la sospecha, la imagen del Volao sacando un arma en la oficina y sembrando el terror en todo el edificio. Sé que a los locos se los detecta por el uso que hacen del lenguaje. Tendría que haberlo pensado mejor. No sabes cuánto me arrepiento ahora de haber sido tan cagaprisas (no sé si entenderás esa palabra, digamos que significa 'impaciente'). Cuando acudí a la consulta de la doctora Toro, lo hice ya con la cabeza gacha y sumiso, pues había tenido tiempo de examinar mi comportamiento y ver todos los fallos. La psicóloga, sin embargo, reaccionó con serenidad; al menos, no se llevó las manos a la cabeza. Insistió, eso sí, en que mi aliada es la normalidad y en que uno se integra aprendiendo a copiar a los demás en el buen sentido, siguiendo el dicho de «¿Dónde va Vicente? Donde va la gente» (eso tampoco lo vas a entender, creo yo, pero asumo que te ayudará el contexto). «¿Acaso tus compañeros mandan mensajes a toda la plantilla justificándose por tal o cual cosa? ¿Verdad que no es algo habitual? Procura pasar inadvertido y todo se pondrá en su sitio», me aconsejó. Fue un poco humillante porque todo lo que dijo es de cajón (evidente). Pero es verdad que a veces uno necesita oír obviedades en boca de otra persona. Una mente confundida olvida incluso lo más elemental. En esos casos, alguien tiene que acercarte la mano a la barandilla para que entiendas que, agarrándote ahí, no te vas a caer, aunque eso tú, en el plano teórico, ya lo sepas.

Mi jefa fue la única que contestó al correo. Me dijo que no tenía que disculparme, que entendía que seguía yendo a terapia y que no había problema alguno. «Nadie salió herido, no pasó nada», escribió. ¿Cómo iba a salir alguien herido? Me molestó el comentario, como si insinuara que, pese a que alguien pudo haber salido herido por mi culpa, hubo suerte. En ningún momento puse a nadie en peligro. Lo único que salió herido ese día (y no sé si de muerte) fue mi reputación. No respondí. Esta vez sí supe contenerme. La psicóloga cree que no sé pasar página y que tengo tendencia a magnificarlo todo, así que ni siquiera le conté que mi jefa me había contestado y que su respuesta no me había sentado nada bien. Sé que se limitaría a decir que el objetivo de aquella contestación era zanjar el asunto sin rencores, que no le diera más vueltas, pero no puedo evitar sentir lo que siento. Sigo sin estar en paz con este asunto, qué le voy a hacer. Lo que la doctora intenta venderme como una anécdota desagradable, pero superada, yo lo percibo como un antes y un después. Ella no tiene que soportar diariamente el ninguneo o las miradas de reojo. Creo que hoy en día esas cosas se consideran acoso, ya no hace falta que te peguen o que te insulten. De todos modos, no voy a discutir para que me dé la razón. Entre otras cosas, porque intuyo que sabe que la tengo, pero no me la quiere dar para forzarme a mirar hacia delante. No sé si ignorar los problemas y esperar a que el tiempo pase es la mejor de las estrategias. Sin embargo, no se me ocurre otra mejor, lo reconozco, así que le haré caso y dejaré de darle vueltas. Sigo siendo el más rápido mecanografiando (¡seiscientas pulsaciones por minuto!) y a eso me agarro. Al fin y al cabo, me pagan por eso. No me contrataron para que fuera majo o popular.

Dicho lo anterior, anoche soñé que todos mis compañeros de la oficina habían pasado un fin de semana en la montaña practicando la escalada y no me habían avisado. Veía las fotos en las redes sociales y me echaba a llorar de pura impotencia. Mi subconsciente pasa de la psicóloga y sigue en sus trece. Y encima tengo un nuevo miedo: ¿me invitarían si se organizara una experiencia similar? Entiendo que se sentirían obligados, pero resultaría muy incómodo. Yo sería el primero en inventar alguna excusa; en este sentido, se lo pondría fácil. Espero que esa situación no se produzca, aunque es verdad que ahora, en las empresas que van de modernas, se ha puesto de moda este tipo de excursiones grupales. A propósito: existe un grupo de WhatsApp de empleados de mi departamento en el que nadie dice nada desde hace meses. Otro miedo al saco de los miedos: ¿puede que hayan creado otro chat aparte en el que yo no estoy? Como ves, la doctora tiene toda la razón: me enredo en dinámicas de pensamiento «obsesivas, paranoicas y autorreferenciales». Me dijo, por cierto, que estaba valorando derivarme a un médico (uno de verdad, ya me entiendes) para que me prescribiera medicación. Fue muy cauta al exponerlo, supongo que porque cree que el asunto de las pastillas es traumático para mí. En realidad, no lo es. No en este sentido. Si tengo que tomarme una pastilla, me la tomo. Lo que no sé es si existen pastillas para que te quieran los demás.

RE: RE: RE: RE:

Natalya:

Siento mucho lo de tu tío, tiene que ser duro si además es el único familiar que tienes. El cáncer es el cáncer de nuestro tiempo, si me permites la expresión. En mi familia hemos sufrido otras desgracias, pero no la del cáncer, aunque mi hermana Virgi es enfermera y ha vivido de cerca los estragos de esta lacra. Suele hablar poco de sus experiencias en el hospital (al menos, conmigo; lo cierto es que apenas hablamos de cosas profundas), pero su expresión después de una dura jornada de trabajo lo dice todo. Te aconsejaría que no perdieras la esperanza y otras cosas que se suelen decir en estos casos, pero sé que esas palabras sonarán huecas. Lo que uno necesita en momentos así, creo, es un abrazo, una mano fuerte que agarre la tuya, la presencia de alguien querido. Entiendo también tu desesperación en materia económica. Estas enfermedades son la ruina y asumo que en Rusia no tenéis Seguridad Social. Bueno, ahora lo dudo, por el tema del comunismo. En cualquier caso, y respondiendo a la pregunta que me haces, sí estoy interesado en ti, pero en esta relación no quiero dejarme llevar por los impulsos y los arrebatos. Me entristece que mi cautela sea percibida como falta de interés. Cuando me dices que eres una chica que busca «por el amor» me siento identificado. No hago otra cosa que intentar conectar con los demás. Contigo quiero hacerlo bien, con sinceridad, con calma y sin aspavientos románticos; ya iremos viendo adónde nos llevan los sentimientos. Es normal que exijas más implicación por mi parte, ya que debes de sentirte muy sola. Aspiro a convertirme en ese pilar que necesitas, pero para sostener a otro uno tiene que asegurarse su propia estabilidad (lo que te conté hace días de la mascarilla en la cabina del avión). Estoy trabajando en ello a marchas forzadas.

En cuanto a lo de buscar «por el amor», es algo en lo que he estado pensando estos días, antes incluso de que tú me lo dijeras. A veces, mientras introduzco datos en el ordenador de forma mecánica, pongo la oreja en las conversaciones de mis compañeros, asintiendo o negando dentro de mi cabeza, como si yo también participara en su charla, como si tuviera vela en sus entierros. Hace unos días hablaban, precisamente, de relaciones de pareja. Se quejaban de los ronquidos, de lo molestos que pueden llegar a ser. Entonces, me di cuenta de que ni siquiera sé si ronco por las noches. Si no hay nadie que pueda oír un ronquido, ¿podemos decir que existe ese ronquido? Y yendo un poco más allá: si nadie nos percibe, ¿podemos decir que estamos vivos? No es mi intención ponerme filosófico (o, mejor dicho, poético, amargamente poético), pero esas reflexiones me invadieron en aquel momento y me entraron ganas de levantarme, acercarme a mis compañeros y recordarles la suerte que tienen de disponer de un ser amado que ronca ruidosamente al otro lado de su cama cada noche. Mi hermana se quejó alguna vez de mis ronquidos cuando éramos pequeños; dormíamos en una litera y no teníamos ninguna intimidad. Pero eran quejas puntuales y me parece a mí que todos roncamos alguna vez (por ejemplo, si estamos resfriados). No tengo prueba alguna de que sea un roncador. Como mucho, soy un roncador solitario e inofensivo que le ronca a la nada.

A principios de semana tuve otra sesión con la psicóloga. El martes anterior me había llamado para anular la cita de ese día por un congreso en el extranjero. Aproveché para sugerirle que espaciáramos nuestros encuentros, puesto que el incidente del tiroteo había quedado un poco atrás y las aguas estaban en calma. Me respondió que, en la medida de lo posible, le gustaría continuar con el seguimiento semanal. Y me preguntó si me importaría someterme a un test de inteligencia y a un psicotécnico, aclarándome que no tendrían un coste adicional. No entendí el propósito de someterme a un test de buenas a primeras y le pregunté si tenía que ver con el congreso al que había asistido; me hizo sospechar, además, que lo ofreciera gratis. No quiero ser la rata de ningún laboratorio. Me contestó que era un procedimiento habitual, que me lo tomara como si el médico de cabecera me mandara hacer un análisis de sangre rutinario, un chequeo general. Según me dijo, le interesaba tener un dibujo completo de mi personalidad porque creía que así dispondría de más herramientas para ayudarme. De adolescentes, mi hermana me hacía preguntas de la *Cosmopolitan*; eran todas una chorrada, aunque sé que es absurdo tomar eso como referencia. Al final logró despertar mi curiosidad y cedí. Me tocó volver al día siguiente para que me hicieran esas pruebas y me atendió una mujer especializada en asuntos más técnicos. Casi tres horas me tuvieron allí encerrado, en parte porque tuve que esperar bastante. Se ve que los miércoles la clínica está mucho más concurrida, al menos por las tardes. En la sala de espera había gente más o menos normal, que no parecía «tocada», y luego un niño acompañado de su madre. Ese niño sí que era raro, se veía a la legua: la boca abierta y la mirada perdida, como de borracho muy concentrado, no lo sabría describir mejor. Su sufrimiento se reflejaba, exagerado, en el rostro de la madre, como en esos espejos que deforman. Ambos, madre e hijo, se dieron cuenta de que los estaba mirando y, para romper la tensión, le pregunté al crío cómo se llamaba. Uri, me dijo. O Yuri. No lo entendí porque hablaba de forma atropellada, pero no quise insistir. Bastante esfuerzo le había exigido al pobre. La mujer no ayudó nada, parecía exhausta. «Anda, lee la revista», le susurró a Yuri, como diciéndole: «Deja al señor en paz y así nos dejará tranquilos». «Yo me llamo Antonio», dije para zanjar educadamente la interacción que yo mismo había propiciado. Al poco me hicieron pasar a la consulta y fue un alivio, porque en esa habitación me sentía como un pulpo en un garaje (fuera de contexto).

El primer test, muy largo, era de personalidad, o eso me pareció. Había que marcar las respuestas en el ordenador, lo que para mí es pura rutina. Las preguntas no eran nada sutiles. Algunas eran trampas para que el sociópata se retratara como una persona del todo carente de empatía. Se planteaban escenarios en los que podías o no sacrificarte por los demás, cosas así. Tuve la tentación de orientar todas mis respuestas en la dirección equivocada (mi psicóloga me diría que no hay personalidades «equivocadas», pero a mí no me engaña), revelarme como un ser egoísta, impulsivo y poco dialogante. Sin embargo, me perjudicaría a mí mismo, así que me contuve (y eso que ya sabes lo que me cuesta reprimir los arrebatos). Cuando terminé, le di a «enviar» y me hicieron pasar al despacho de la persona que lleva estos temas para que me hiciera otro examen, esta vez oral: ella iniciaba series numéricas siguiendo un patrón determinado que yo debía deducir para continuarlas. Se ponían a prueba mis habilidades para el cálculo mental y la retentiva. «Inteligencia numérica», lo llamó ella. También se tenía en cuenta la velocidad de respuesta, de modo que se puede decir que se estaba midiendo mi rapidez mental, como en esas páginas de internet que te dicen qué tal va tu conexión de fibra. Fue agotador, pero salí del paso con soltura. Mi psicóloga, de nuevo, diría que no tiene sentido decir que aprobé, pero otra vez me resisto a pecar de ingenuo. Al final, en este mundo de mierda siempre se nos pone una nota, se nos clasifica. Si pudiera, el «sistema» grabaría un número en nuestras lápidas con la calificación global de nuestro desempeño en la vida, con un código para escanear con el móvil que dirigiría a una página web con reseñas de amigos y conocidos. «Amable, pero poco fiable», «Cariñoso, demasiado neurótico, melancólico y en ocasiones tóxico» o «Muy decepcionante, aunque con un arranque apasionado». Ese tipo de cosas. Los cementerios se llenarían de curiosos.

RE: RE: RE: RE: RE:

¡Guau, Natalya!

Es todo lo que puedo decir sobre la foto que adjuntas en tu último correo. Parece hecha por un profesional, aunque es verdad que hoy en día cualquier móvil hace maravillas. No es por quitarle mérito a tu físico, que conste que es espectacular. La elección de la lencería, también muy acertada: ese granate realza el erotismo sin sacrificar la elegancia y la sofisticación. No es vulgar, pese a que te arriesgabas con esa postura. Yo no podría corresponderte con algo semejante ni en un millón de años. Primero, porque no tengo a nadie que pueda hacerme fotos (nunca me atrevería a pedirle a mi hermana que me fotografiara en una posición erótica), pero además porque mi cuerpo no podría rivalizar con el tuyo ni en sueños. Ojo, que no soy feo, no te asustes. Pero lo tuyo es otro nivel. Aunque debo decir que me sorprende que me mandes esa foto en un momento tan complicado para ti, con tu tío enfermo y los problemas de dinero. He pensado en ello y creo (ya me corregirás si me equivoco) que es una forma de escapar. El sexo y la voluptuosidad son formas que tiene nuestro cerebro de evadirse cuando los aspectos más oscuros de la existencia nos apabullan. Yo mismo me hago pajas de forma casi compulsiva cuando estoy agobiado. Así que parece que has tenido un arrebato como los míos y no te has podido contener. Me reconforta saber que estamos juntos en esto.

Se avecinan cambios en Jenkins & Co. Desde fuera, la situación puede parecer anecdótica, pero a mí me va a afectar. Se incorpora a la sede de Madrid el Departamento de Marketing, que antes estaba centralizado en Barcelona. Esto se ha traducido en una necesidad de reorganizar el espacio y, según parece, a mí me van a trasladar a la planta menos dos, en un cubículo sin luz natural, totalmente aislado. No sé si recuerdas mi analogía del lavabo a oscuras, del apagón de mi vida. La pesadilla se va materializando. Ahora sí que me resultará imposible establecer algún tipo de conexión con mis compañeros. Esto es un exilio forzado, un destierro. La parte buena es que no tiene que ver conmigo de forma directa, sino con cambios más grandes; no es un castigo. Aunque no creo que sea casualidad que me hayan elegido a mí para ocupar ese cuchitril. No hace falta ser malpensado para atar cabos: han considerado que el empleado idóneo soy yo por ser el marginado del grupo. Esforzándome de nuevo por ver los aspectos positivos de este cambio, que es algo que siempre me pide la psicóloga, podría pensarse que la llegada de savia nueva me brinda la oportunidad de empezar de cero con colegas que no me conocen, al menos si me adelanto a los rumores sobre mí que no tardarán en llegarles. ¿Seré capaz de desmentir mi mala fama y de dar la bienvenida a esa gente de marketing con una actitud jovial y extrovertida? Lo dudo porque me conozco: ni siquiera seré capaz de salir de ese cuartucho. Me han enterrado en vida en el sótano de la empresa.

Tengo altas capacidades. Ese es el diagnóstico de las pruebas psicológicas de la semana pasada. Supongo que una expresión de triunfo se dibujó en mi cara cuando la psicóloga me lo dijo, porque se apresuró a aclararme que esta condición no es un regalo de los dioses. Me pidió que concibiera la inteligencia como un bien limitado que se puede repartir entre diferentes áreas de especialización, estableciendo como configuración ideal aquella en la que cada área recibe una parte proporcionada y suficiente de ella. Las altas capacidades lo que implican es que la tengo mal repartida, de modo que me desempeño con una extraordinaria soltura en ciertas tareas (cálculo, expresión verbal, razonamiento lógico en general) pagando el precio de sufrir auténticas carencias en otras. Este es, pues, mi drama. Soy un ser descompensado. «Deforme», añadí. Pero la psicóloga me pidió que no dramatizara porque es un asunto en el que se puede trabajar y obtener avances. ¿Es posible cambiar el reparto innato de la inteligencia? ¿Puedo robarle un poco de inteligencia a la parte matemática para dársela al área de la sociabilidad y aprender a conectar con la gente aunque deje de poder calcular mentalmente el cambio que me tienen que devolver en la panadería? Porque, si esto es posible, firmo ya. La psicóloga me dejó claro que la analogía no se podía forzar tanto, que tenía sus límites. Acudió entonces a esa otra comparación tan socorrida según la cual el cerebro es como un músculo que se puede entrenar, y también se puede uno ejercitar emocionalmente adquiriendo nuevas habilidades sociales y de comunicación. No sé si comprarle el optimismo. Sin embargo, es cierto que, si lo piensas, una persona que tiene tanta facilidad para expresarse por escrito o en sus razonamientos introspectivos debería poder proyectar la misma soltura al hablar con otra gente. ¿Es simplemente la timidez lo que me bloquea? Ella cree que no es tan sencillo. Fue muy clara y me recordó lo que ya me había dicho en otra sesión: tengo tendencia a la paranoia y al pensamiento autorreferencial. Soy obsesivo y las experiencias traumáticas que he sufrido en el pasado contribuyen a que todo esto sea un lastre importante. Hay, en conclusión, mucho trabajo por hacer. Y mis altas capacidades, lejos de ser una ayuda, son parte del problema. Tanto test y tanta puñeta para volver al mismo sitio en el que estábamos.

Te pido perdón si me extiendo demasiado, pero así me puedes ir conociendo cada vez mejor. Es mi manera de despatarrarme emocionalmente ante ti, ya que no tengo fotógrafo.

RE: RE: RE: RE: RE: RE:

Natalya:

He estado dándole vueltas a lo de «deseo ver tu vista». No sé si te refieres a que quieres ver mi mirada, cómo son mis ojos, o a una vista general de mi cuerpo, es decir, el aspecto que tengo. Asumo que quieres que te corresponda y que te mande una foto como la que me enviaste el otro día. Ya te dije que no lo tengo fácil. Aun así, he intentado varias veces programar el disparador de la cámara del móvil y aprovechar los diez segundos de margen para posar de una forma más o menos digna. No ha salido bien. Como compensación, te adjunto una que me hicieron mis padres en El Escorial cuando tenía ocho años.

Me ha chocado tu pregunta sobre si quiero casarme y tener hijos. Planteado el tema en abstracto, me parece bonita la idea; pero, después de todo lo que te he contado sobre mí, es evidente que no estoy preparado para algo tan gordo. Si ya me cuesta decidir qué quiero comer o qué ropa ponerme cada día, imagínate si se trata de abordar un asunto que te cambia la vida para siempre y que requiere toda la voluntad que he ido perdiendo en los últimos años. La doctora Toro no cree que esté deprimido, aunque mi tono vital es bajo (jerga médica para decir que estoy apagado) y a veces me falla la voluntad. Sin embargo, sigue sin descartar la medicación si no salgo del bache anímico. Esta semana ha vuelto a las andadas con la infancia, hurgando en el accidente de mi padre. Según los documentos oficiales, se durmió al volante, cruzó la mediana, chocó de frente con una furgoneta y murieron tanto él como la mujer que la conducía. La furgoneta, que estaría en pleno reparto en ese momento, iba llena de pan y se incendió, así que desde entonces imagino a mi padre abandonando este mundo envuelto en un intenso aroma a pan recién horneado. Es ridículo, ya lo sé, pero llegué a convertir esta ensoñación en una certeza. No sé si está en el cielo o no, pero espero que su alma no sufra el hambre eterna por culpa de esta mala broma. ¡A mi padre le encantaba el pan! No sé si sois muy de pan en Rusia, porque lo nuestro es casi una obsesión. El caso es que, como digo, esta es una descripción más o menos aséptica de lo ocurrido, pero lo que hay detrás es lo de las pastillas en el café. O se le fue la mano a mi madre esa mañana o fue cosa de la farmacéutica, que se equivocó con la dosis, o lo tramaron ambas en complot. No lo sé. El que mi padre se quedara dormido conduciendo se debe a que lo estaban envenenando y no hay quien me saque esa idea de la cabeza. Mi sospecha la confirma, además, la reacción de mi madre, quien, aparte de la desesperación lógica tras la muerte de su marido, no dejaba de repetir que había sido culpa suya. Todo el mundo le insistía en que no dijera tonterías porque había sido un accidente, pero yo sabía que tenía razón. Un dato más: la farmacéutica acudió al funeral, que ya me dirás tú qué pintaba cuando mi padre ni siquiera la conocía. No dejaba de ser una simple señora del barrio. No era amiga de mi madre, aunque algo sabía y estoy convencido de que también se sentía responsable. Son piezas que tardé un tiempo en encajar; sin embargo, fui comprendiendo poco a poco lo que había pasado. Otro dato más: mi madre nunca volvió a esa farmacia. Ni siquiera con el trastorno de la Virgi, que, a raíz del accidente, desarrolló la manía de lavarse las manos de forma obsesiva hasta que le sangraban. Nos pasábamos el día comprando vendas y haciéndole curas. La psicóloga me preguntó si la llevamos al médico, si siguió algún tipo de terapia cognitivo-conductual (de nuevo, jerga de loqueros). Creo que mi madre habló con el pediatra y poco más. Imagino que no se consiguieron muchos avances porque al final decidió que le ataría las manos a los barrotes de la cama. La pobre Virgi se pasó semanas y semanas como una secuestrada de la ETA (nuestros terroristas) viendo telebasura en la tele pequeña de la habitación hasta que se le curaron las llagas. Aquello actuaría como una especie de terapia de choque porque, después de llevar guantes unos meses, al final se los quiso quitar. Yo sé que al principio se seguía lavando a escondidas, luego dejó de hacer el tonto y lo superó, aunque en el cole la siguieron llamando Manomugre hasta el último curso. Creo que la única secuela que le quedó tiene que ver con su aversión a tocar manos ajenas. Si no puede evitarlo, sobre todo cuando se las estrechan para saludarla, necesita ir enseguida al baño a lavarse. En mi opinión, aquel trauma tiene que ver con que se hiciera enfermera de mayor. A mí no me dio por hacer nada raro..., salvo ahogarme un día, sin motivo alguno, en una clase de Sociales. Empezó a faltarme el aire y me tuve que ir al patio. Por lo demás, salí razonablemente bien parado de la pérdida, también porque mi padre era una fuente constante de conflicto y tensión y, por mal que esté decirlo, sentí cierto alivio tras su muerte. La doctora me preguntó cuáles eran mis sentimientos entonces respecto a mi madre, sabiendo yo lo que sabía, y le contesté que, en realidad, no le di muchas vueltas al asunto. Los críos son así, enseguida se adaptan a todo. Lo que tengo claro es que ni la odié ni la responsabilicé, y eso que aquello había sido muy gordo. Por entonces no estaba familiarizado con el concepto de «defensa propia», pero supongo que intuitivamente la disculpé por todos los arrebatos que había tenido que aguantar por culpa de mi padre.

A todo esto: novedades en el trabajo. Se sabe ya que los de marketing se incorporan dentro de tres semanas a nuestra sede y se confirma que a mí me toca el despacho C de la planta menos dos, es decir, el cubículo del que te hablé. Como ahora está vacío, me dio por visitarlo y así poder hacerme a la idea. Huele a cerrado y eso tiene difícil arreglo porque no hay ventanas. La parte buena es que está muy cerca de la máquina de las palmeras de chocolate: mi mejor compañera en la oficina. Salvo cuando tiene un mal día y se le atranca la palmera y me obliga a espabilarla a empujones, esa máquina expendedora siempre me da alegrías. Es un oasis en mi desierto laboral. Estaba comiéndome una de las palmeras de ese oasis mientras revisaba mi futuro despacho, o más bien celda, cuando pasó por detrás Laura, la compañera de Distribución a la que mencioné cuando te detallé mi lista de arrebatos, la que nunca me saluda. Quizá sospecha que fui yo quien le envió una fotografía de los genitales usando una cuenta anónima de internet, porque por primera vez me dirigió la palabra para decirme: «Aquí vas a estar mejor, Antonio, tendrás más intimidad». La mención de la intimidad hizo que saltaran todas mis alarmas internas y me esforcé por mantenerme impasible. Puede que se tratara de una trampa, de una forma de decirme «sé que fuiste tú» y luego analizar mi reacción. «Tengo altas capacidades», le contesté como quien no quiere la cosa, lo más natural que pude, como para sacar otro tema de conversación sin que se notara que estaba incómodo. No pareció interesarle el asunto y siguió caminando hacia el ascensor, quizá frustrada al ver que no había logrado una confesión y que ni siquiera me había puesto nervioso. Es posible que pienses que me está bien empleado el susto, que lo que hice estuvo mal. Yo lo que digo es que también está mal ignorar a la gente de tu alrededor porque es una forma de desprecio. Y, aunque de mal gusto, lo mío también fue un toque de atención, una forma de decirle que existo, que soy de carne y hueso, que soy algo más que un mueble y que tengo sentimientos, cosas que decir y una buena polla.

RE: RE: RE: RE: RE: RE: RE:

Natalya:

Pues sí que «es pena» que no estuviera en tu cumpleaños. Yo también «habría estado más feliz mil veces», como dices tú. Otro día avísame con antelación y podré adelantarme y felicitarte el primero. De todos modos, ya he apuntado la fecha. Te adjunto una postal de internet, que es todo lo que puedo hacer desde el otro lado del mundo. Yo no celebro mi cumpleaños desde los diez años. Me refiero a montar una fiesta. Mi madre nos llevó al Vips (restaurante de calidad) a mi hermana y a mí y se presentaron sin que yo me lo esperara el Fran y el Rober, dos del colegio con los que me llevaba más o menos bien, aunque el Fran era quizá el peor alumno de todo el centro y un acosador, como se los llama hoy en día a esos tipos. Su padre abusaba sexualmente de él, según supimos cuando lo expulsaron por estar a punto de provocar una amputación. Y eso que aquello no fue, ni de lejos, su peor gamberrada. Le ató una brida en el dedo a un pobre desgraciado que, encima, era de un curso superior, pero que no le podía físicamente, pues el Fran era muy fuerte (en parte, ya de nacimiento, y también porque su padre era monitor de gimnasio y le obligaba a hacer ejercicio en casa con pesas y de todo). Las bridas solo se pueden quitar cortándolas con una tijera, pero estaba tan apretada que en el colegio nadie fue capaz de romperla sin dañarle el dedo, que ya se estaba poniendo morado. Tuvieron que ir a urgencias y al volver nos dijeron eso, que el chaval casi se queda sin dedo por la gracieta del Fran. En fin, que me desvío del tema: en el restaurante, el Fran y el Rober trajeron unos globos para mí y me regalaron el álbum de cromos de coches de la revista *Motor 16*, el único en mi vida que he llegado a completar. En realidad, lo compró el Rober, estoy seguro, y el Fran le obligó a decir que era de los dos. Al Fran le gustaba la Virgi y sabía que iba a estar ese día; por eso aceptó la invitación de mi madre. Si no, de qué. Yo era su secuaz en el colegio, no su amigo. El Fran, en realidad, no tenía amigos; para él la otra gente era munición que usaba para disparar a los demás.

Esta semana le he explicado a la psicóloga cuál es la situación en el trabajo, lo de que se confirma mi destierro a la celda de la planta menos dos, despacho C. Mi intención era darle pena para que ella misma decidiera hablar con mi jefa e interceder a favor de mi salud mental. No sé qué relación tienen, pero fue ella quien me dio el número de su consulta. Por desgracia, la doctora Toro no propuso intervenir de forma directa, aunque me dio la razón cuando le dije que el destierro y el consiguiente aislamiento me ponen las cosas aún más difíciles si el objetivo de la terapia es, en parte, que aprenda a llevarme bien con mis compañeros en la oficina. Volvió a sacar el tema de la ansiedad anticipatoria y me aconsejó que no dramatizara, que una conducta profesional pasa también por adaptarse a las exigencias de la empresa y, de este modo, podré demostrar que estoy a la altura de las circunstancias. Estas cosas que me dice, su manera de relativizar la gravedad de todo lo que me ocurre o, mejor dicho, de todo lo que me hacen, me lleva a sospechar que esta mujer trabaja a las órdenes de la empresa y no tanto para mi bienestar. Me la imagino cerrando la puerta de su consulta después de despedirse de mí y llamando a mi jefa inmediatamente para darle el parte. Su único cometido, por el que puede que cobre un buen dinero, es alertar a la compañía si detecta que estoy inestable, que la puedo liar. ¿Soy un paranoico? Ella diría que sí, pero mi sospecha tiene todo el sentido del mundo. Igual debería cambiar de psicóloga. Mi miedo es que entonces mi jefa pierda el control sobre mí y prefiera echarme. Sin embargo, pienso en esto y no puedo evitar imaginarme a la doctora Toro diciéndome: «¿Ves? Ansiedad anticipatoria. Otra vez. Paranoia y ansiedad anticipatoria». Y, luego, añadiendo: «Narcisismo, además, porque crees que tu empresa estaría dispuesta a pagar para controlar tu estado emocional». En esto último reconozco que tendría razón. Si no te fías de un empleado, si tan grave te parece que disparara a su propio equipo en el *paintball*, pues lo echas, no te pones a espiarlo a través de una psicóloga a la que has comprado. De todas formas, quizá esta estrategia es más barata que pagarme el finiquito o enfrentarse a una demanda por despido improcedente. Al fin y al cabo, yo siempre he cumplido con mis objetivos en el trabajo... En fin, como ves, estoy hecho un lío. Todo son sospechas. Y eso mismo decanta la balanza a favor de no tomar decisiones drásticas y seguir con esta psicóloga, que, además, tiene cierto atractivo. Aunque no hay que mezclar las cosas. Pero que conste que no me fío del todo de ella. Me molesta que su estrategia ante la adversidad pase siempre por entender que no es para tanto y que todo son miedos infundados por mi parte. Ella leyó en mi expresión facial todas estas sospechas (es parte de su trabajo) y cambió de tema preguntándome si había convivido con animales, si tenía experiencia cuidando mascotas. Experiencia, cero. Mi padre odiaba visitar a amigos que tuvieran «bichos», como él los llamaba; le molestaban los pelos y, ya no digamos, los lametazos. Era frío y escrupuloso. Mi madre y mi hermana sí que habrían adoptado algún animal, seguramente un perro, pero ni se atrevieron a plantearlo en casa. La psicóloga me aclaró que su pregunta tenía que ver con el tema de la socialización. No solo porque un animal te obliga a pensar en alguien más allá de ti mismo, sino que, en el caso de los perros, salir a pasear con tu mascota te pone en contacto, quieras o no, con otras personas que también tienen perro y lo pasean. Ella cree que sería una buena oportunidad para relacionarme sin la presión que tengo en el trabajo, donde un simple comentario desafortunado puede acarrearme problemas. No está mal pensado. Lo que pasa es que un perro en un piso tan pequeño como el mío no sería feliz. Esa es al menos mi opinión. «¿Y un gato?», dijo. Le respondí que me lo pensaría. Con un gato me identifico más, ya sabes que en casa me decían que era sigiloso como un felino. Sin embargo, perderíamos la supuesta ventaja de pasearlo y conocer gente. La doctora me dio la razón en esto, aunque considera que sigue siendo una buena segunda opción, pues a un gato hay que cuidarlo, hay que llevarlo al veterinario con regularidad y, quién sabe, quizá contribuya a que me sienta menos solo. Tengo que admitir que, *a priori*, parece una buena idea.

Nunca hablamos de ocio ni de cosas culturales. Yo no soy muy de música, aunque desde hace años me gusta mucho una cantante que se llama Rosana. Romántica, pero con ritmo. Seguro que no la conoces, así que, ahora que es tan fácil buscarlo todo, te la recomiendo. Pones «Rosana» en el buscador y te saldrá enseguida. No debes confundirla con Rosendo o con Rosario.

RE: RE: RE: RE: RE: RE: RE: RE:

Natalya:

Qué ilusión, y a la vez cuánta presión, saber que le has hablado de mí a tu tío enfermo. No estoy seguro de ser, como dices, «la mejor persona». He hecho cosas muy malas en la vida. He sido desconfiado y cobarde, y quizá lo sigo siendo. Qué demonios, doy fe de que aún lo soy. Me preocupa que me idealices y que luego, si por lo que sea se presenta la ocasión, te lleves un chasco al conocerme en persona. No se puede decir que esté maquillando la realidad, las cosas como son: me estoy abriendo tanto a ti que a veces releo lo que te cuento y me da mucha vergüenza. Pero diría que me ayuda incluso más que la dichosa terapia, que a veces me agota y me llena de dudas, porque no sé adónde se supone que queremos llegar. Esta semana, por ejemplo, la doctora ha insistido para que le hablara de mi relación con el otro sexo, tanto en casa, con mi madre y mi hermana, como en el trabajo y en el colegio. ¿Para qué? Ni idea. No sé qué se propone. Si me pidiera que le contara mis sueños, me cuadraría un poco más. Pero esta semana hemos dedicado tres cuartos de hora a hablar del acoso que sufría la Virgi en el colegio, de que parte de ese acoso provenía del Fran (el gamberro de la amputación) y de que yo nunca me atreví a defenderla por miedo a perder el apoyo de mi amigo. Ni siquiera moví un dedo cuando pusieron un anuncio en la sección de contactos del periódico con sus señas. Llamaban a casa preguntando por la Virgi y le consultaban las tarifas. Y a saber qué más cosas le proponían a la pobre. Yo me sentía muy culpable porque, si alguien podía disuadir al Fran, ese era yo. Lo tenía a tiro si quería convencerle de que atacarla así no llevaba a ningún lado. Podría haberlo intentado, al menos. Imagino que él estaba despechado. No soportaba que la Virgi pasara de él y le viera como un niñato de un curso inferior. Quizá estaba en mi mano intentar mediar, pero no moví ficha. Le tenía miedo al Fran, como casi todos en el colegio, y prefería estar de parte del fuerte antes que hacerme el héroe. Además de la culpabilidad, me sentía humillado por el hecho de que mi hermana ni siquiera me pidiera ayuda, como asumiendo que era un inútil y que no iba a poder hacer nada por ella. Las verdades duelen. Esa humillación se transformaba luego en rabia y esa rabia me llevaba incluso a celebrar el acoso al que sometían (o sometíamos, debería decir) a mi pobre hermana, que era (y es) más buena que el pan. Machacada en el cole con mi complicidad y machacada en casa principalmente por mi padre, que solía tomarla con ella. Cuando discutía con mi madre (que era casi siempre) y nosotros estábamos delante, en la mesa del comedor, por ejemplo, mi padre se encaraba con la Virgi y le preguntaba: «¿Qué coño miras?». La acusaba de ponerse de parte de mi madre (¡sin que ella hubiera dicho nada!) y la llamaba manipuladora. «¡Zorras manipuladoras las dos! ¡Me vais a matar de un infarto!», le gritaba. Lo del infarto tenía algo de verdad porque, cuando yo tenía unos ocho años (y, por tanto, la Virgi tendría unos nueve), a mi padre le dio una parada cardiaca (desconozco el nombre técnico) mientras regañaba a mi hermana por no sé qué chorrada. Le podría haber dado el ataque en cualquier otro momento, pero desde entonces le reprochaba a la Virgi que casi lo mata de un infarto. Lo usaba como un comodín cuando quería desahogarse con ella. A mí esto no me lo hacía; a cambio, recibía bastantes hostias. Una vez me estampó contra la puerta de mi habitación (era de un material bastante blando, eso es cierto, creo que se llama conglomerado) y mi madre decidió tapar el boquete que hice con la cabeza con una pegatina de Pluto, el personaje de dibujos. Desde aquel día, cuando veo a Pluto en algún sitio, recuerdo el trompazo contra la madera y aquel mareo... que ni sabía dónde coño estaba. Pluto se convirtió a partir de entonces en una señal de peligro: «Cuidado con el perro». El perro, por supuesto, era el cabrón de mi padre, con perdón. ¿Hablaría así de su propio padre «la mejor persona»? Yo creo que no. Eso no quiere decir que sea malo, porque no lo soy, pero tampoco soy un santo y quiero que te quede claro.

En la oficina, un asunto desagradable, una puñalada por la espalda, podría haberme afectado mucho esta semana; pero, mira tú por dónde, me está dando igual (o casi). Hemos empezado ya a empaquetar nuestras cosas y a configurar los nuevos ordenadores en los puestos que vamos a ocupar la próxima semana, cuando lleguen los de marketing. Digamos que están siendo unos días de transición y ajetreo. Al plantarme ayer frente a mi nuevo despacho del piso menos dos, con mi caja de cartón con el calendario, las cuartillas y el resto de mi material de trabajo, vi que alguien había pegado con celo en la puerta una nota con la siguiente frase: «Despacho C. El Volao, jefe del Departamento de Altas Capacidades». Casi reviento la caja de cartón. Me empezaron a temblar las piernas. Y suerte tuve de que no había nadie en el pasillo para ver mi reacción, a no ser que estuvieran espiando desde una puerta entreabierta, que todo puede ser. Arranqué la notita e hice una bola con ella que tiré dentro de la caja, entre mis cosas. Me encerré en el despacho para digerir el ataque (porque esto es lo que es) en la intimidad. Dejé caer la caja al suelo y me senté frente al escritorio aún vacío y polvoriento. Poco a poco me fui calmando y, de hecho, como el día anterior había estado hablando con la psicóloga del acoso sufrido por mi hermana, empecé a pensar en el karma, en que el destino me pagaba ahora con la misma moneda. Lo que sufrió la Virgi durante años fue mucho peor. Yo soy el Volao ahora y en el cole era el Camu, por apellidarme Camuñas. Pero ella fue Virgi Puta o Putivirgi, aparte de Manomugre, en aquella época que le dio por lavarse las manos de forma obsesiva. Está claro que, en esta empresa, mi Fran es Laura, de Distribución, pues solo ella sabía lo de las altas capacidades. Pero hay una diferencia que para mí es clave: yo le había mandado a ella una foto de mi pene y se está vengando. Es una acosadora devolviéndosela a alguien que la acosó primero. Es cierto que mi ataque era una respuesta a su indiferencia, pero no puedo culparla por tomar represalias. Ojalá mi hermana hubiera sido esa zorra que mi padre decía que era y le hubiera devuelto los golpes al Fran igual que Laura me está devolviendo el que yo le di. Mezcla, pues, de odio y admiración hacia esta compañera. La vida está llena de grises. Y lo más gris de la mía es el trabajo que me ha tocado.

Hoy he llamado a mi hermana para decirle que se venga a comer el sábado. Eso tiene que ver con el hecho de haber removido los asuntos del pasado, claro está. Esta vez se puede decir que me ha dado un arrebato bueno. Ella sospecha que algo pasa, pero ya le he insistido en que está todo bien. «¿Necesitas dinero?», me ha preguntado. Yo nunca le he pedido nada. Aunque es verdad que tampoco la he invitado nunca a comer a bote pronto y porque sí. Como la conozco y sé que, incluso después de la comida, seguirá pensando que había gato encerrado (una trampa) en esa invitación, he decidido inventarme una excusa que a ella la convenza de que, como se temía, mi llamada era interesada. Tengo una especie de eccema en el dedo índice, en internet dicen que podría ser pulpitis, una tontería que hace que tenga siempre la piel de esa zona muy seca aunque la hidrate con crema. No es para mí un motivo suficiente para ir al ambulatorio y pedir cita con el médico. De hecho, ya está mucho mejor y casi no se aprecia, pero dejaré de hidratarme el dedo unos días para que empeore un poco y así le pediré que le eche un vistazo como enfermera que es. Quizá creas que es un poco rebuscado pensar en una falsa excusa que justifique mis ganas de ver a mi hermana. El problema, a veces, es que el hecho de que los demás sean rebuscados te obliga a ti a serlo también. Algo tienes que darle al paranoico para saciar su hambre de sospecha. Y estoy seguro de que la Virgi ha hecho lo mismo conmigo una y mil veces. En eso nos parecemos: somos desconfiados y lo analizamos todo hasta el punto de que, incluso cuando vamos con la verdad por delante, tememos que no nos crean y no nos relajamos. Siempre actuando bajo la luz de los focos, con la presión de mostrar nuestras buenas intenciones sin que parezca que ocultamos algo. ¿Por qué es todo tan complicado? Me gusta de ti que eres directa. Cuando necesitas dinero, lo pides. Cuando sientes que la otra persona es buena, se lo dices. Y yo sé que lo segundo no tiene que ver con lo primero. Eres tan clara hablando, incluso con la dificultad del idioma, que generas confianza. Eso me da envidia y trato de inspirarme en tu forma de comunicar, procurando ser directo y claro, a ver si se me pega algo. También es cierto que tus mensajes son siempre mucho más breves que los míos. Yo cuento con la ventaja de dominar el español. Si tuviera que contarte mi vida en ruso, me limitaría a decirte que las cosas me van bien y santas pascuas.

RE: RE: RE: RE: RE: RE: RE: RE: RE:

Natalya:

Estoy de acuerdo contigo en que, a cierta edad, hay que pensar en el futuro. Para mí no es fácil porque apenas sé manejarme en el presente. Y agradezco mucho que digas que cada día echas de menos mis mensajes. Lo de que tus sentimientos «crecen a ti cada día y no meras palabras» lo interpretaré como una señal de que nuestra relación va tomando cuerpo. Con total sinceridad, y sin que suene a reproche, tengo que decir que a veces echo en falta tu reacción a las cosas concretas que te cuento. Yo siempre recojo y comento tus apreciaciones. En mi empresa a eso lo llaman «dar *feedback*». Intuyo que el problema aquí es cultural. Quizá en tu tierra a las mujeres os enseñan a escuchar pasivamente y no tanto a opinar sobre lo que dicen los demás, sobre todo si el otro es un hombre. Pese a ello, quiero que sepas que tus impresiones son importantes para mí y que, incluso si hay cosas que hago que te parecen mal, lo cual es probable y comprensible, agradeceré que las compartas conmigo.

Al final, lo del eccema en el dedo o pulpitis no hizo ni puñetera falta. Me refiero al falso pretexto para invitar a mi hermana a comer a casa. Lo tengo bastante peor porque dejé de hidratarme las manos, y fue para nada, pues ni siquiera salió el tema. Eso nos pasa mucho a los que tenemos tendencia a planearlo todo, a imaginar al detalle lo que sucederá (lo que dices sobre pensar en el futuro). Por suerte o por desgracia, dependiendo de cada caso, la realidad se encarga de añadir siempre un poco de caos y muchas veces toca tirar a la basura el guion que uno tenía preparado. De todas formas, no pasa nada, fue para bien. La propia Virgi, mientras me ayudaba a meter el pollo en el horno, me dijo que, si no se trataba de dinero, entonces mi invitación tenía que deberse a un tema sentimental. «¿Te has echado novia o qué?», me soltó sin tapujos. Como no esperaba la pregunta, me puse nervioso y mis titubeos fueron interpretados como una confirmación. En vez de aclarar las cosas, fui audaz y me subí a ese tren porque me parecía mejor que la excusa dermatológica, sobre todo porque, cuando confirmas algo que el otro ya sospechaba, es imposible que haya dudas. El misterio se da por resuelto *ipso facto*. El único inconveniente de esta estrategia era que daba pie a muchas más preguntas. De repente, la Virgi quería saberlo todo sobre esa novia. Yo no sé mentir, al menos sin haber tenido tiempo para planificar la mentira. Improvisando, decidí, y ya me perdonarás, que esa supuesta novia ibas a ser tú. El motivo es que eres la única mujer con la que hablo (si exceptuamos a la doctora Toro) y me resultaba la mar de conveniente que vivieras en Rusia porque así evitaba mi mayor temor: que mi hermana quisiera conocerte en persona. No contaba, eso sí, con los prejuicios culturales.

Cuando le dije que eras rusa y que nuestra relación era a distancia y epistolar, se puso en guardia. Me dijo que no me fiara, que lo más probable era que fueras un hombre intentando estafarme, que quería ver tus mensajes porque ella sabría enseguida si me estabas tomando el pelo. No te ofendas, por favor; la Virgi es buena gente y no suele ser racista, pero es normal que entre mujeres se produzcan estos recelos, sobre todo si ella siente que me tiene que proteger de una potencial pelandusca (mujer vil). Antes de que te alteres, que lo entendería, te prometo que no le dejé leer absolutamente nada, pues para mí es fundamental que nuestra relación siga siendo íntima y privada. Le expliqué lo de tu tío enfermo, para que viera que en todas partes cuecen habas. Le dije que habíamos conectado, que contigo me sentía libre, que era más yo mismo, sin la presión social, y que solo eso ya hacía que nuestra relación mereciera la pena, aunque luego quedara en nada o se torciera. No entré en asuntos económicos porque ella, que es puro miedo, ya se adelantó con el prejuicio de las estafas. El racismo no es más que eso, miedo a lo diferente, y, como tanto ella como yo vivimos anclados en el miedo a los demás, es un milagro que no seamos muy racistas. Se fue calmando cuando le insistí en que me hacía mucho bien hablar contigo y, aunque soy consciente de que no se fía, celebro que al menos se conforme con mi felicidad. No seré yo quien la culpe de actuar como una hermana protectora o de caer en los celos y la competitividad. No tenemos mucho contacto, la verdad, pero un hermano es un hermano. Cuando ella empezó a salir con el Chopis, un mecánico que no le convenía, yo también me puse un poco pesado e intenté disuadirla de que lo siguiera viendo. Al final, aquello terminó. Sé lo que se siente cuando desconfías del novio de tu hermana. Ahora me toca a mí aguantar sus reticencias. El pollo me quedó un poco crudo, pero no hubo críticas. Y la comida fue tranquila y fructífera, porque hablamos mucho más de lo habitual. Le conté que estaba considerando adoptar un gato (me callé que había sido idea de la psicóloga, preferí no decirle que voy a terapia: demasiada información chocante de golpe). Me dijo: «No te pega nada». Y me salió replicarle: «Te crees que soy como papá, pero no es verdad; a mí sí me gustan las mascotas». Me pidió que no me pusiera a la defensiva y añadió que me veía muy susceptible. Normal, no sabe que estos días estoy removiendo el pasado y que de repente mi padre está muy presente en mis pensamientos. Por no hablar del encierro en el trabajo, del que tampoco le hablé. El caso es que me recomendó la asociación Peluditos, a la que recurrió en su día una compañera suya del hospital. No sé si me veo en Peluditos (me daría hasta vergüenza pronunciar el nombre en voz alta); pero, al fin y al cabo, será cuestión de ir, recoger el bicho y marcharme. Vamos, digo yo.

Te dije que el asunto de la nota en la puerta de mi nuevo despacho, o cubículo, o celda, no me había afectado tanto. Pues mi subconsciente se ha empeñado en llevarme la contraria esta semana. La noche del lunes soñé que iba a la oficina (el edificio era un hospital, cosas de los sueños) y, al entrar en el despacho, me encontraba con una caja de cartón encima del escritorio. Era más grande que la caja real que usé para la mudanza. Los laterales estaban impregnados de una sustancia negruzca, pero aún se podía leer la palabra «frágil» impresa en el cartón mojado. La abría y en su interior descubría la cabeza cercenada de mi compañera Laura, con los ojos en blanco y la boca muy abierta. Despedía, además, un olor bastante fuerte a semen (con perdón). Me despertaron mis propios gritos; el corazón me latía a mil por hora. Fíjate si me alteró la pesadilla que estuve tentado de llamar al trabajo para decir que me sentía indispuesto, cosa que no he hecho nunca. Después del desayuno me empecé a calmar, así que me fui a la oficina; pero la imagen de aquella cabeza cortada y, sobre todo, el recuerdo de la boca desencajada por el dolor, no me dejaron tranquilo en todo el día. Esta afrenta de mi subconsciente me forzó a compartir el sueño con la doctora, quien, esta vez sí, consideró que tenía sentido que me quejara a la jefa de la «broma» que me habían gastado. Sin embargo, insistió en que debía esforzarme por informar con total serenidad, sin dejarme llevar por la rabia. Me sorprendió que, por una vez, no quisiera pasar el asunto por alto, y mi forma de reaccionar fue decirle que, en esta ocasión, prefería dejarlo correr, pasar página. Ya ves tú, se invirtieron los papeles. «¿Por qué un hospital?», me preguntó. ¡Como si uno decidiera lo que sueña! Pero es lista: quería sacar el tema de mi hermana, cuyo trabajo en un hospital es posible que tenga que ver con el escenario de la pesadilla. Le di lo que quería: le expliqué que había estado con ella, me preguntó por qué, le confesé que había decidido invitarla a comer, me preguntó por qué, le confesé que me sentía removido por todo lo que hablábamos en las sesiones de terapia y me preguntó, agárrate, sin venir a cuento, si tenía pensado contarle lo que sospechaba sobre la muerte de mi padre, lo de las pastillas. ¡No y mil veces no! Esto me lo llevo yo a la tumba como se lo llevó mi madre, lo tengo claro. «¿Para protegerla?», me dijo. «¿Qué le aportaría a ella, aparte de una herida profunda en el alma?», dije yo. «¿No crees que tiene derecho a saberlo?», insistió. «Creo que ha sufrido más de lo que merecía», dije exasperado por tener que defender lo obvio. Entonces me soltó una monserga sobre el derecho a la verdad, que era la base de la dignidad de la persona, e insinuó que estaba siendo paternalista con la Virgi. También sugirió que quizá lo que a mí me convenía era compartir este secreto con ella para afrontar juntos la realidad que nos tocó vivir y poder hacer catarsis. Eso rompería la distancia entre los dos y nos obligaría a mirar al monstruo a la cara para luego recomponernos. «No es bueno esconder las cosas bajo la alfombra, aunque afrontarlas sea doloroso», dijo. Yo estaba muy cabreado. Se supone que le pago para sentirme mejor, no para que ponga mi vida patas arriba, y menos aún la de mi hermana, que ni pincha ni corta y tiene un trabajo estable (como yo) y una vida normal. ¿Y si le cuento lo de las pastillas y le da por lavarse las manos otra vez de forma compulsiva? Hay cosas con las que no se juega. Ni hablar. Entiendo lo que dice, pero no estoy dispuesto a provocar una hecatombe por las teorías de esa señora. «Me gustaría que nos centráramos en mi situación en el trabajo y que dejáramos en paz el pasado y mi familia», le exigí, harto ya de tonterías psicológicas. Insistió otra vez en que hay que ir a la raíz de los problemas, aunque sea el camino más difícil, pero admitió que era necesario digerir todo lo que ya habíamos trabajado y que hay cosas que tampoco se pueden forzar. Me dejó escapar, vaya, como el perro que abre al fin la mandíbula con la que te estaba destrozando el tobillo. Abandoné la consulta exhausto y al pasar por la sala de espera de camino a la salida vi a Yuri, el niño raro, que tenía el brazo escayolado. Sospecho que le han cambiado las citas a los martes. La madre había envejecido como diez años en pocos días. La estampa me ayudó a relativizar las cosas. Mis problemas tienen la dimensión de una notita en una puerta. Por eso me molesta tanta insistencia en airear la mierda del pasado. Me desquicia, como me desquician esos sueños en los que, de repente, te notifican que tienes que volver al colegio porque suspendiste una asignatura y que no tienes derecho aún a ser adulto, ni a trabajar ni a tener una familia, al menos mientras no apruebes el maldito examen de recuperación. ¿Has soñado algo así alguna vez? Es desesperante. Aunque no sé si fuiste al colegio, ahora que lo pienso. Quizá te tocó trabajar desde bien pequeña. Me avergüenza pensar que te inundo de lamentos desde mi posición de privilegio, ignorando que quizá tu vida ha sido mil veces más traumática que la mía. Te pido perdón si es así y le pido perdón al pobre Yuri también, tan pequeño y tan castigado ya por la vida, no hay más que verlo. Yo, con mi trabajo más o menos estable, viviendo solo y sin apenas responsabilidades, debería aprender a escuchar más y a cerrar la puta boca.

RE: RE: RE: RE: RE: RE: RE: RE: RE: RE:

Natalya:

Permíteme que arranque hoy un poco intenso, incluso cursi, con una breve reflexión: a veces, la poesía emerge del caos. De los equívocos, de las pequeñas imperfecciones de las cosas puede nacer lo bello. ¿Por qué digo esto? Por lo que escribes en tu correo: «Deseo sentarme en tu casa y beber vino tinto contigo, Antonio, y después preocuparme por tus labios». Has elegido el verbo «preocuparse» y la expresión «sentarme en tu casa» porque, como es natural, no dominas el español. Y de esa elección imprecisa de las palabras has obtenido algo mucho más poético sin caer en la incomunicación, pues se entiende lo que quieres transmitir. Además, tu forma de decirlo es muy bonita, por rara. La foto que adjuntas es más literal, pero no necesita poesía porque tu cuerpo tiene la fuerza de mil millones de versos. Yo siempre me he fijado en las palabras, en los efectos de su retorcimiento, en los juegos que tensan y dilatan el horizonte del lenguaje. En mi casa nadie leía nada, pero en la biblioteca del colegio empecé por los cómics de Mortadelo (un personaje de risa). Luego pasé a los libros de aventuras y a la novela de misterio para terminar, empujado por las clases de Literatura del profesor Carreño, en la poesía, que era como el monstruo final, si me permites la analogía con los videojuegos. Ese maestro me enseñó, en solo dos cursos, a depurar mi escritura, a fijarme en que no da lo mismo una palabra que otra, incluso si significan lo mismo. En las clases nos habló de Juan Ramón Jiménez, que decidió dejar de usar la letra ge, que le parecía «blanducha», y cambiarla por la jota. Reconozco que al principio pensé que era un notas y un subnormal, pero el señor Carreño se encargó de que aprendiera a apreciarlo. De este poeta me llevo la valentía de deformar el lenguaje, cuando es preciso, si con ello se consigue llegar más lejos.

Perdóname si me voy por las ramas. Es que tus mensajes despiertan en mí ese amor por la lectura, algo que he ido descuidando en los últimos años empujado por la rutina y por el hastío que tiñe mis días. Dejé de leer y con ello dejé de pensar en todo lo que ofrece el mundo más allá de lo inmediato. No tengo fuerzas para imaginar, que es lo que hace un buen lector, y recorro el presente como un animal de carga, resignado y vencido por el árido paisaje de mi vida. Pero deja que te diga que tus fotos en bragas son chispas que pueden prender el fuego de ese deseo aletargado, pues en lo más hondo sigo siendo aquel chaval hambriento de experiencias que, fantaseando, escapaba de un entorno familiar mierdoso del que solo se salvaban algunas tardes de cine y el postre de plátano chafado con zumo de limón y azúcar que preparaba mi señora madre de vez en cuando y que me entusiasmaba, aunque mi hermana Virgi, por joder, lo llamara «la pota».

En el trabajo se ha completado ya el proceso de reorganización: los de marketing ocupan sus nuevos puestos; los que hemos sido desplazados, también, y hay trajín y caras nuevas por los pasillos. El caos de la «integración», así la llaman, ha alterado un poco el flujo de trabajo: me llegan menos informes de altas y eso se traduce en más tiempo para estudiar las manchas de humedad en las paredes del despacho en el que malgasto mis horas y mis días. Esta semana, un nuevo arrebato y una nueva experiencia humillante. Pero luego te lo cuento, no olvides que me gusta el suspense. Antes quiero centrarme en lo bueno, o al menos en lo prometedor: mi jefa me ha comunicado que tal vez pongan a un becario a mi servicio, siempre que a mí me parezca bien, condición que no es más que retórica, pues a ver quién es el guapo que se pone chulo con la empresa. Creen que así compensan el aislamiento físico de mi nueva ubicación. Además (y esto es, segurísimo, lo que motiva en verdad la decisión), resulta que, junto con los de marketing, entra también una hornada de estudiantes a los que hay que asignar departamentos y tareas para sus prácticas no remuneradas. Mi jefa considera que «merece la pena probar» cómo se me da hacer de tutor, es decir, encargarme de enseñarle a un becario cómo trabajo y asignarle faenas para liberarme un poco. Vamos, que les ha caído el marrón de gestionar la presencia de estos becarios (que, según he oído comentar a mis compañeros frente a la máquina expendedora, les sirven para pagar menos impuestos, como cuando fichan a un Down) y a mí me endosarán a uno de ellos. Verás como me juntan con el peor, bien como castigo por algo que haya hecho él en la facultad, bien para castigarme a mí, o incluso ambas cosas. Pero no hagas caso a lo que acabo de decir, pues es mi ansiedad anticipatoria, mi tendencia patológica a fustigarme. Un cambio siempre es una oportunidad para que pasen cosas buenas, así que me aferro a ese pensamiento como una garrapata, siguiendo con docilidad las indicaciones de la psicóloga, y me fuerzo a vendértelo a ti también como una promesa de mejora. ¿No me quejo tanto de la soledad y del oscuro vacío en el que vivo enclaustrado? Pues bien, ahora se me abre la oportunidad de trabajar *tête à tête* (del francés, estrechamente) con otra persona, joven y puede que con ganas de aprender. Quién sabe, quizá descubra que estoy hecho para formar y para gestionar equipos y hasta mi jefa se lleve una agradable sorpresa. No me lo creo ni yo, pero estoy decidido a repetírmelo porque, como dice la doctora Toro, los malos pensamientos fomentan malas actitudes, aunque también al revés.

Y ahora sí, te cuento lo que me ha pasado. El arrebato que me ha dado este miércoles en la oficina tiene que ver con mi obsesión por aprovechar la llegada de los nuevos y combatir mi mala fama ofreciéndoles una imagen de persona normal. Como he tenido menos trabajo estos días, me he aventurado a recorrer los pasillos para encontrarme con la savia nueva, abierto a la posibilidad de entablar conversación con ellos, que están, según presumo, deseosos también de caer bien. Hay gente que hace estas cosas con total naturalidad y para mí son como magos, pues me veo incapaz de iniciar sin esfuerzo una charla improvisada con un desconocido (y con alguien conocido tampoco se me da bien, como he demostrado en miles de ocasiones). Ha habido cruces de miradas, algún «buenos días» susurrado perdiéndose en el aire y poca cosa más. Nadie me ha preguntado nada, ni dónde está el baño, ni de qué departamento soy, ni si sé dónde está el despacho de tal o de cual. Cero excusas para una interacción espontánea y natural. Podría haber tirado la toalla; sin embargo, hay en mí una determinación latente a salir de este bache en el que estoy y luchar por ser uno más. Decidí, entonces, volver a las andadas y fingir conversaciones telefónicas mientras caminaba por el edificio simulando estar muy concentrado, dando órdenes absurdas a interlocutores fantasma. Haciendo, en definitiva, lo que hice tiempo atrás en la terraza de aquel bar, cuando simulé que era un empresario hablando con su agente de bolsa, pretendiendo impresionar a unas muchachas, como ya te expliqué. ¿Para qué todo esto? Pues para que los nuevos creyeran que soy una persona importante en la organización, para desprender un halo de autoridad del que en realidad carezco. Una estrategia infantil y además estúpida, porque la mentira tiene las patas muy cortas. «Dile que a partir de las cuatro esté pendiente del teléfono», «No, a esa hora no puedo», «Este tema habría que resolverlo esta semana a más tardar». Cosas así fui gritándole al micrófono sordo de mi teléfono mientras deambulaba nervioso por los pasillos de la oficina, callando convenientemente cuando me cruzaba con un conocido y alzando la voz si se aproximaba uno de los recién llegados para que me oyera. Patético y desesperado, lo sé. Y creerás que ese teatrito estéril ha sido la experiencia humillante de la que te hablaba antes, pero no. Aparte de esto, que no me ha ayudado en nada, esta semana he vivido otro momento lamentable que me ha hundido un poco más en el barro. El jueves se presentó en el trabajo Mari Carmen Molas, una compañera que está de baja por maternidad. Vino a enseñarnos el bebé. O debería decir a enseñarles el bebé, porque, empujado por la inercia de mis paseos por los pasillos, me acerqué al corrillo para saludar y hacerle monerías a la criatura y, al ver que me acercaba a ella, Carlos, otro empleado con el que creo que no he hablado ni una sola vez en la vida, me dio una palmada en el hombro como si me tuviera confianza y luego me agarró del brazo mientras me preguntaba qué tal me estaba adaptando al nuevo despacho al tiempo que me llevaba lejos del crío. Ni que decir tiene que su intención era apartarme de allí, pues le trae sin cuidado cómo me está yendo. Nadie quería que el Volao estuviera cerca del recién nacido y, aunque no lo exteriorizaron, la intervención de Carlos fue motivo de alivio generalizado. Así se me percibe en el trabajo, como una persona inestable que nadie querría que se acercara a un niño. ¡Y me quieren poner a un becario! Será mi oportunidad para demostrar que se equivocan de lleno. Porque te juro que se equivocan, aunque a veces yo mismo tenga dudas. Me miro al espejo intentando asomarme a mi rostro como a algo nuevo y percibo tristeza, pero no peligro. Lo que ocurre es que, si todo el mundo te señala y te pone una etiqueta que no te corresponde, al final acabas cediendo a la presión e interpretas el papel que te ha sido asignado aunque no esté en tu naturaleza. Una parte de mí está rabiosa y desea confirmar todos los prejuicios, agarrar la grapadora de la recepción y arrojársela al bebé de los cojones. ¿No es eso lo que creíais que iba a hacer? Pues aquí lo tenéis, aquí está el Volao con sus reacciones violentas y desproporcionadas. Pero no estoy en este punto aún, no he perdido los nervios y sigo creyendo en mi bondad, enturbiada solo por la torpeza social y la tristeza de no ser comprendido. ¿Perderé mi centro? ¿Logrará desquiciarme el desprecio de todo el mundo? Nadie podrá decir que no intento conservar mi salud mental, pues voy cada semana a terapia, religiosamente. Sin embargo, incluso las ramas más resistentes se acaban doblando si se les aplica la fuerza necesaria. Y hay días en los que todos se coordinan para quebrarme.

Como las malas experiencias que te acabo de contar las he tenido a finales de semana, el martes aún conservaba el optimismo y estaba dispuesto a recibir a los nuevos con mi mejor cara. Y así me vio la psicóloga, con cierto ánimo. «Te veo más alegre», dijo. Le expliqué que la semana anterior había reflexionado sobre la magnitud de mis problemas si se comparan con los de otros y aplaudió mi esfuerzo por relativizar. Pero no te creas que me dio tregua. Me dijo que esa energía había que aprovecharla para incorporar a mi rutina nuevas actividades de socialización. Me preguntó si había mirado lo de la mascota. Le dije que estaba en ello y me pidió que pensara en voz alta en cosas que pudiera hacer más allá del trabajo. «No puede ser que tu vida sea solo la oficina y la terapia», sentenció. Y con razón. Entonces empezamos a valorar opciones. Confesé que echaba de menos ir a la biblioteca para leer, aunque, al pasarme el día frente a un ordenador, mi vista no está para muchos trotes en los momentos de ocio. Ella especificó que tenían que ser cosas que me obligaran a relacionarme, a poder ser en un entorno no viciado. Y sugirió excursiones en grupo, deportes en equipo, talleres de cocina o artesanía o clases de idiomas. Todas ellas, opciones que me recordaban las actividades extraescolares, que siempre odié. La doctora se puso tan borrica que al final me forzó a elegir la menos mala de sus sugerencias. Fui incapaz. Para darle algo, propuse apuntarme a un gimnasio. «Pero a clases de zumba o de aeróbic, tiene que ser con más gente», dijo. Yo no me veo bailando, pero quedamos en que lo estudiaría. Luego, ya en casa, busqué gimnasios cerca y en la página web de uno de ellos, llamado Boba Fit, encontré vídeos de gente en bicicletas estáticas con un monitor delante dando instrucciones. Esto, al menos, no implica bailes en mallas apretadas; estás sentado en tu bici y de ahí no te sacan. O sea, que me convenció a medias y quizá me apunte a eso que llaman *spinning*, aunque prometen que pierdes peso y solo me faltaría eso, encogerme más y más hasta alcanzar el tamaño de la hormiga que todos creen que soy.

¿Has escuchado a Rosana? Si es así, dime qué te ha parecido. Y, si quieres, recomiéndame música de tu país. Probé con canciones tradicionales rusas y me parecieron espantosas, pero esas cosas pasan cuando vas a ciegas.

RE: RE: RE: RE: RE: RE: RE: RE: RE: RE: RE:

Natalya:

Qué calamidad, cuánto lamento lo que os está pasando a tu tío y a ti. Las desgracias nunca vienen solas. No comprendo la crueldad de tu casero, la frialdad con la que pretende dejarte sin techo. ¿Sabe que tu tío tiene cáncer y que estáis solos? Quiero creer que, cuando dices que «la noche se interrumpe mi corazón» porque estás «en emociones», te refieres al insomnio y a la agitación nerviosa, no a un problema coronario. ¡Solo faltaba eso! Lo de costear tu viaje a España me parece drástico. Vivo en un piso muy pequeño, con una sola habitación, un antro oscuro y por reformar que heredamos de mi abuela materna y que conserva aún la ranciedad de la vejez. Entiendo que viajarías con tu tío. Yo podría dormir en el sofá durante un tiempo y cederos mi estrecha cama, pero eso solo tendría sentido como solución provisional. Veo mucho más realista que negocies una prórroga con el casero mientras buscas una fuente de ingresos en Rusia. No creo que tu tío esté para viajar. Comprendo tu deseo de abandonar con urgencia un país tan hostil, pero no idealices el mío: aquí no os resultaría sencillo salir adelante siendo inmigrantes. Aunque la atención médica sea mejor, os esperarían muchos obstáculos. Si tu pregunta es si yo estaría dispuesto a recibiros en una situación extrema, la respuesta es que sí. Pero os desaconsejo que os metáis en esta aventura pudiendo encontrar otro acomodo en Riazán o tal vez en algún sitio más barato de los alrededores de Moscú. No conozco la zona, pero me cuesta creer que no haya nadie en Rusia que pueda daros una solución. Un alojamiento, un trabajo para ti, un lugar en el que caeros muertos (no te asustes, es una frase hecha). Podría mandaros ese dinero que pides para tranquilizar al casero, pero eso no solucionaría el problema. Necesitas recuperar un sueldo fijo con un trabajo que te permita cuidar a tu tío. Si no, el mes que viene volveréis a estar en las mismas. De momento, yo te mando todo mi ánimo y me ofrezco a buscar por internet alguna vivienda barata por la zona, pero el idioma es un serio inconveniente para mí porque no entiendo ni las letras cirílicas (he tenido que consultar esa palabra).

Este lunes he conocido a Juanma, mi becario. Es más bien callado, tiene el pelo largo y unos anillos, o pendientes, en la nariz. No sé cómo hay que llamarlos, supongo que no son pendientes porque no penden de ningún sitio, los lleva como grapados a la napia. También tiene un brazo tatuado con cenefas como las de los restaurantes chinos, pero él no es chino, es de Torrejón. Nativo, quiero decir, porque allí hay chinos también. Mi jefa me lo presentó, llamó a la puerta de mi cubículo (he decidido dejar de llamarlo despacho, no quiero blanquear mi situación de enclaustramiento) y allí estaban los dos, plantados al lado de una silla de oficina para él que les ayudé a colocar al lado de la mía. La silla en cuestión ha generado un conflicto de autoridad, por llamarlo de algún modo, un detalle en el que mi jefa no reparó (o puede que sí y le dio igual). No me parece conveniente que mi becario se siente en una silla más nueva y más cómoda que la mía. No es por arrogancia, sino por el mensaje que estás transmitiéndole al chaval. ¿Cómo voy a hacerme respetar si lo tratan mejor que a mí, que llevo casi dos décadas en esta empresa? Se habla mucho de que los jóvenes no entienden la disciplina ni respetan las jerarquías, pero a veces somos nosotros los primeros en descuidar estos asuntos y, claro, al final se nos suben a las barbas y no sé de qué nos sorprendemos. De todas formas, recordando el mantra de la doctora Toro, aposté por pasar inadvertido y no dramatizar y me callé, dejando que usara la dichosa silla nueva y sentándome yo en la vieja. Aún no descarto intercambiarlas un día de estos y, si repara en ello y se atreve a mencionarlo, hacerme el despistado, quitándole importancia o, mejor aún, aprovechar para dejarle claro (siempre con educación) que ahí el que manda soy yo. Voy a esperar unos días; primero quiero evaluar su actitud y conocerlo mejor, sin precipitarme ni, desde luego, prejuzgar, eso que tanto me molesta que hagan los demás conmigo. De momento diría, eso sí, que la pasividad es su forma de afrontar la vida. Le he explicado con todo lujo de detalles cómo funciona la aplicación para rellenar las fichas de las altas, porque entiendo que es más estimulante que limitarse a sacar las hojas del archivador y apilarlas. Sin embargo, me ha dejado claro que prefiere esa otra tarea que podría asumir un mono. Así que en esas estamos: yo sigo haciendo lo de siempre con la salvedad de que ahora tengo al chico ese ordenando los papeles con los informes de altas, apilando los que ya he introducido en el ordenador y, en otro montón, agregando los nuevos que saca del clasificador. Entre esto y nada, poca diferencia hay. Mientras yo tecleo, él pasa el rato mirando el móvil y casi siempre tengo que pedirle que reponga el montón de informes cuando he terminado de procesar todos los que están encima de la mesa. Te aseguro que trabajo más rápido sin su ayuda, llevando mi propio ritmo. A veces me dice que se va un momento al baño y tarda tres cuartos de hora en regresar. Yo, chitón. Él sabrá lo que hace. Se supone que cuando termine sus prácticas me pedirán una evaluación por escrito y yo seré objetivo e implacable. ¡Faltaría más! A mí no me regalaron nada y flaco favor le haríamos al chaval si le enseñáramos que sus actos no tienen consecuencias. Con lo que te cuento parece que esté siendo borde con él, y no es así: he intentado confraternizar, con nulos resultados. Solo me ha dicho que le gustan los videojuegos, sobre todo los de carreras. Le conté que mi padre tuvo un Alfa Romeo de color rojo y su respuesta fue que le sonaba la marca, pero que ni idea. Tanta frialdad truncó mi plan de seguir ahondando en el tema del coche de mi padre para acabar contándole que murió conduciéndolo y así entrar en el terreno personal, estimular su empatía y que viera que no solo soy su superior, sino que tengo mi corazoncito y que sufrí lo mío siendo apenas un niño. Por desgracia, hoy en día solo llamas la atención de la gente con la indumentaria, los pendientes y los tatuajes, no con tu forma de ser o con tus vivencias. Así de superficial es todo. Cuando dos personas se conocen, enseguida necesitan saber de qué signo zodiacal es el otro, cuántos seguidores tiene en internet, dónde vive y qué le gusta comer. Nada de profundizar en la mente de cada cual. Que no digo yo que haya que ponerse a filosofar, pero se agradecería un término medio. Supongo que, en el caso del becario, hay también una brecha generacional y yo debo de parecerle un viejo sin interés. Como viven al día y se creen eternos, no les interesa nada que les recuerde que la juventud no es para siempre. O quizá estoy buscando un pretexto sociológico para justificar algo más simple, y es que el tipo es un soso y un antipático, y punto. Estoy seguro, además, de que le han hablado de mí y le han recomendado guardar las distancias con el Volao. Y vaya si las guarda. ¡Menudo muermo! No me extraña que necesite ausentarse casi la mitad del tiempo. Sin duda, le aprovechará más pasar las horas masturbándose en el baño, que, además, suele estar siempre muy limpio en la planta menos dos porque apenas lo utiliza nadie.

En la consulta de la psicóloga, esta vez me tocó esperar un buen rato, y eso que yo siempre soy puntual. A los diez minutos, salieron de su despacho Yuri, aún escayolado, y su madre. Me fijé en el yeso impoluto, nadie se lo había firmado aún. Me dio pena y hasta fantaseé con la idea de preguntarle si me dejaría firmarle o hacerle algún dibujo. Sería propasarse, ya lo sé, pero me da tanta lástima el chiquillo que siento la necesidad de ofrecerle un poco de cariño. ¡Ojalá fuera más fácil acercarse a los demás! Hay siempre como una barrera invisible y, si te atreves a traspasarla, incluso si lo haces con la mejor de las intenciones, saltan las alarmas y huyen de ti despavoridos, si es que no se ponen agresivos, que también puede ocurrir. Me chocó comprobar que Yuri es paciente de la doctora Toro. Como la sala de espera es la misma para varios psicólogos, di por hecho, no sé por qué, que el niño iba a uno especializado en problemas infantiles. Ojalá supiera qué le pasa al pobre crío, pero la psicóloga nunca se saltaría el secreto profesional. Lo que sí hice, al entrar por fin en la consulta, fue susurrar «pobrecito niño» para que me oyera la doctora, con la esperanza de que dijese algo al respecto. Hizo como si nada, aunque asumo que es su obligación.

La sesión la dedicamos casi exclusivamente al asunto del becario. Por resumir, su lección fue que debo ser más sutil en mis interacciones iniciales y también menos retorcido. Por ejemplo, en vez de ingeniármelas para contarle al chico un drama vital como el accidente de mi padre, lo suyo es que le pregunte si quiere un café, por ejemplo, o si está a gusto, o si conocía la empresa de antes. En vez de hacerme mala sangre por el detalle de la silla (lo llamó «detalle» y yo discrepo, pero no quise discutir), debí preguntarle si estaba cómodo (discrepo en esto también, me parece el colmo, pero, de nuevo, me callo). La tesis de la doctora es que mi ansia por conectar con la gente hace que mis primeras aproximaciones sean bruscas y demasiado intensas. No solo en lo verbal. Dice que ha observado que mi gestualidad es poco relajada y que transmito toda la tensión que bulle dentro de mí. Eso sí que me ha sorprendido. Sin necesidad de decir nada, ya pongo nerviosa a la gente. ¡Pues estamos listos! ¡Culpable de existir! Y aquí ella diría: «Antonio, no dramatices, esas cosas se pueden y se deben trabajar». Le pregunté si la cosa iba de comportarse como una azafata, en plan servicial, y me dijo que, al menos, eso era preferible a lo que hago ahora. «¿Cuándo experimentaste placer por última vez? ¿Serías capaz de recordarlo?», me soltó de repente, casi al final de la sesión. Y me descolocó. Nunca me lo había planteado. Pensando en ello, se me ocurrían ejemplos más cercanos a una sensación de alivio que de gozo. El alivio de hacer de vientre cuando se tienen muchas ganas; el alivio incluso de la eyaculación, que en mi caso es más una descarga de tensión que otra cosa, y el alivio de saciar el hambre. Volví a rememorar el placer de la lectura, aunque no es una sensación que te ponga los ojos en blanco y la piel de gallina, si concebimos el placer como algo así, extático, narcótico. Drogas, ni probarlas; no van conmigo. Así que la conclusión fue que lo más cercano al placer que he experimentado en los últimos tiempos fue una ración de callos que me tomé en el bar de abajo un domingo, hará cosa de dos o tres meses, y que estaba para morirse. Por ridículo que parezca, es la respuesta más precisa y honesta que pude ofrecerle a la doctora Toro. Para ella, esos razonamientos en voz alta confirmaban lo que ya se temía: estoy bloqueado a nivel emocional, presa de un miedo inconcreto, podría decirse que existencial, y necesito algo de ayuda para reconectar con la vida, disfrutar de mi independencia y así estar en la mejor disposición para relacionarme con otros de forma normal. Me dio el contacto de un psiquiatra con el que suele trabajar para que me pautara ansiolíticos, «algo suave para empezar», pues cree que serán de gran ayuda para resolver esa tensión vital que me atenaza y que los demás perciben. Lo de la medicación ya me lo había manifestado en una consulta anterior, pero no pensé que estuviera pensando precisamente en ansiolíticos. No dije nada para no dramatizar, que lo tengo prohibido, pero sobra decir que la figura de mi padre fue invocada en aquel mismo instante. Solo me falta tomarlos por las mañanas con el café con leche en la taza desconchada del Real Madrid. Por suerte, no tengo coche. Y, de tenerlo, se quedaría en el garaje mientras tomara esas cosas, que las carga el diablo. ¡La ansiedad anticipatoria ataca de nuevo!

Dime, por favor, qué opinas sobre la idea de darle otra oportunidad a Rusia y buscar un trabajo allí. Si me dices que el casero te ha dejado tirada en la calle, yo te ayudo económicamente, por supuesto. Pero, si es posible, ve paso a paso, como se supone que tengo que hacer yo con la gente. Poco a poco y con buena letra.

RE: RE: RE: RE: RE: RE: RE: RE: RE: RE: RE: RE:

Natalya:

Hay una cosa que no entiendo. Insistes en que quieres viajar a España. Me preguntas «¿por qué tú tan lejos?», me dices que deseas «estar a tu lado para cuidar a tú» y no mencionas en ningún momento a tu tío enfermo, como si hubiera desaparecido del mapa. Además, adjuntas otra foto en bragas. En tu mensaje anterior tampoco me dijiste nada de él, con lo preocupada que estabas. Ahora tu problema es el casero, que quiere dejarte en la calle, y te entra el ansia de conocerme en persona y dejar atrás tu vida en Rusia. Me halaga, vaya esto por delante, y mi casa es tu casa, como decimos aquí. Pero ¿y tu tío? ¿Qué será de él? Tengo una terrible sospecha, Natalya, aunque espero equivocarme. Empiezo a pensar que tu tío ya no está entre nosotros y te resulta tan duro ponerlo por escrito que has decidido no hacerlo y dejar que sea yo quien ate cabos. De ahí también la prisa por cambiar de aires. ¡Te has quedado sola en el mundo y pretenden arrebatarte el único cobijo que te queda, la que ha sido tu casa toda la vida! ¿Tengo razón? ¿Es eso lo que está pasando? Permíteme recurrir a la sabiduría de mi psicóloga (pago por ella, la puedo usar cuantas veces quiera) para aconsejarte que no escondas el sufrimiento bajo la alfombra. El duelo es un proceso importante por el que tienes que pasar, no hay atajos que valgan. Sé de lo que hablo. Cuando mi padre murió, de forma además tan terrible, mi primera reacción fue también la de seguir como si nada, o como casi nada, poniendo el acento en el fin de la tensión y de la hostilidad a las que nos había sometido hasta entonces su presencia. Recuerdo haber pensado, observando la pegatina de Pluto en la puerta de mi cuarto, que muerto el perro se acabó la rabia. Pero estaba equivocado al asumir que me había librado de él: los muertos permanecen como muebles viejos, acechando desde su esquina y ocupando su espacio en tu ser, dispuestos a golpearte el meñique del pie, doblegándote sin siquiera moverse. El dolor de esos trompazos que propina su memoria es como un veneno líquido que se filtra por las grietas de tu entereza y corroe tus cimientos hasta que, de repente, sin que lo veas venir, te derrumba, te hace polvo. La doctora siempre insiste para que deje pasar los pequeños detalles que me obsesionan y me enervan. Pero, al mismo tiempo, me presiona para que afronte los conflictos no resueltos, pues no hay que ignorar esas heridas abiertas. Sé que hiciste todo lo que estuvo en tu mano para salvar a tu tío y sé también que él querría que siguieras adelante con tu vida. Pero llora su pérdida si no lo estás haciendo. Y, cuando estés preparada, comparte conmigo tu pesar. Mi apoyo, incluso en la distancia, de la que tanto te dueles, será ese bálsamo que necesitas, el brazo que te sostenga cuando todo falle. Las palabras adecuadas, en el momento justo, se pueden convertir en el más fuerte de los abrazos.

El psiquiatra, un tal doctor Martín Baeza, es un tipo seco, quirúrgico. Es difícil decir si está muy concentrado en lo que le cuentas o está pensando en cualquier otra cosa porque lo tuyo le trae sin cuidado. A mí sí que me da igual, pues solo acudo a él por la receta y, si los psicólogos pudieran recetar, ni siquiera me haría falta. La doctora Toro hizo sus deberes y le puso en antecedentes, así que el tipo se limitó a pedirme un resumen de mi situación mientras tenía ya las manos sobre el teclado del ordenador, gestionando el asunto de los ansiolíticos. Un burócrata, en definitiva. Como yo, pero con locos en vez de informes de altas de clientes y proveedores. Aún no he empezado a tomar las pastillas, y mira que me ha prescrito una dosis muy baja. Las compré, pero me dan mal rollo. No es solo por mi pasado, sino también porque nunca he tomado químicos, salvo algún analgésico para el dolor de cabeza y poca cosa más. Hay algo de orgullo en esto. ¡Como si pudiera presumir de estar bien, estando como estoy! Me he prometido a mí mismo que daré el paso esta semana o, como muy tarde, la siguiente. A la psicóloga le he dicho que, de momento, noto poca cosa y me ha pedido paciencia. Prefiero no convertir mi reticencia a medicarme en otro problema que nos llevaría de nuevo a la muerte de mi padre. Me agota hurgar en el pasado. Prefiero indicaciones concretas para mi día a día, como el consejo que me dio sobre el becario. El muchacho sigue sin apenas hablar, pero trato de ser correcto con él y ya no intento establecer un vínculo profundo demasiado pronto, que es, según la doctora, lo que hago mal.

Por cierto, este martes tuve que hacer tiempo en la sala de espera y esta vez se oyeron gritos procedentes de la consulta. Luego pararon y dieron paso a susurros. Después, un silencio y, al final, se abrió la puerta y salieron cabizbajos Yuri y su madre. El crío, por supuesto aún escayolado, tenía la cara roja, congestionada. Hasta entonces solo había oído su voz en una ocasión, cuando me dijo su nombre, y ni siquiera lo comprendí bien porque me habló muy flojo, como si me revelara un secreto humillante. Esta vez, sin embargo, me alteraron sus gritos de animal enjaulado, eran desgarradores. No sé si es autista o qué diablos le pasa, pero esa rabia descargada a chillidos me lleva a visualizar escenas horribles que acaban con su brazo roto. No sé por qué me recreo en estas situaciones imaginadas. Es lo mismo que hago cuando me anticipo a las desgracias futuras, pero proyectando la imaginación a un pasado del que no sé nada. La doctora Toro lo llama «fabulación». Dice que tengo tendencia a la paranoia, que es una reacción al miedo, el cual, por cierto, alimenta no solo mis ensoñaciones diurnas, sino también mis pesadillas. Como no quiero que crea que intento escarbar en las intimidades de sus otros pacientes, no mencioné a Yuri. Sin embargo, sí le dije, de forma genérica, que a veces veo a gente triste, o herida, o alterada, ya sea en el transporte público o en el trabajo, e intento imaginar las situaciones que les han provocado la tristeza, o la lesión, o la alteración nerviosa. Pensaba que esa confesión llevaría a la doctora a concluir que soy una persona con empatía. Pero, en vez de eso, se centró en la parte preocupante, esto es, en mi tendencia a recrearme en los aspectos morbosos en vez de centrarme en lo positivo. Y volvimos a hablar del placer y me insistió de nuevo en el tema de la mascota. Según ella, sería una fuente de experiencias positivas que no requeriría demasiados esfuerzos mentales por mi parte, pues con los animales la comunicación fluye sin dobles sentidos. Lo que ves es lo que hay y con ellos no hace falta fingir ni mostrar tu mejor cara. Lo cierto es que mi hermana me había mandado un mensaje al móvil con el teléfono de Peluditos, al que no había hecho caso, centrado como estaba en gestionar mi convivencia con Juanma, el becario, que en estos momentos era (y sigue siendo) mi prioridad. Sin embargo, nada más salir de la consulta (había gente esperando, por cierto, y me pregunté si ellos también elucubrarían sobre mí) llamé a Peluditos y me atendió una voz femenina un tanto estridente, de ritmo atropellado. Me dijo que se llamaba Consuelo, pero que todos la conocían como Lito, de Consuelito. ¡Un nombre de gato para alguien que cuida gatos! No dije nada de esto para no ofenderla. Tampoco revelé del todo el motivo último de mi llamada (es decir, que estaba interesado en adoptar un felino por prescripción médica) para que no creyera que estaba loco. Me limité a explicar que quería adoptar uno de sus gatos porque me vendría bien la compañía y cerramos una cita para la semana siguiente. La tal Lito insistió en que podía pasarme en cualquier momento porque, si no estaba ella, me atendería otra persona. La verdad es que sería preferible que no estuviera, porque me costó muchísimo entenderla de lo rápido que habla, sin apenas vocalizar.

En Jenkins & Co., como te decía, me he portado bien esta semana y Juanma (al que me referiré a partir de ahora así, por su nombre, como me ha pedido la doctora Toro) ha mantenido su actitud taciturna, mirando el móvil todo el rato y apilando los papeles de forma mecánica y con total desinterés. Esto ya no me enerva, es su decisión y la respeto. Tampoco me tomo a mal que desaparezca de repente y ya sin siquiera molestarse en poner una excusa. Todo esto lo reflejaré en mi evaluación, pero no como venganza, porque no me lo tomo como algo personal, sino por sentido de la responsabilidad. Y no le tengo en cuenta, además, que hable con otros compañeros de la empresa con la soltura que a mí me niega. Le preguntan cómo lo lleva y le invitan a tomar café, como si necesitara su protección. Invitaciones, por cierto, que él suele aceptar sin reparos. Reconozco que debo esforzarme para no ofenderme, para no concluir que me tiene ojeriza sin que yo le haya hecho nada. Intento apartar de la mente este tipo de razonamientos y concentrarme en mis tareas, en mis momentos de relax en la máquina de las palmeras de chocolate y luego, en el metro, escuchando a Rosana en un reproductor viejo que he recuperado por recomendación de la doctora Toro. Está empeñada en que dé valor a esos «breves instantes de receso y esparcimiento», como ella los llama. Estoy escuchando a Rosana de forma compulsiva como cuando era adolescente. Una y otra vez *El talismán* (que, dicho sea de paso, no se llama *El talismán de tu piel*, como yo creía). En fin, no sé por qué te cuento estos detalles que te tienen sin cuidado, pero debo reconocer que es un acierto forzarse a disfrutar de la comida o de la música para apartar de la cabeza «dinámicas de pensamiento tóxicas y autorreferenciales». Uso las comillas porque me limito a repetir como un loro las frases que oigo una y otra vez en las sesiones de terapia. Repite, que algo queda.

Ayer los trabajadores recibimos un correo genérico del presidente Richard Tegmark, el jefe de mi jefa y, por tanto, jefe de todos nosotros. Nos daba las gracias por nuestra disposición y ayuda con el proceso de integración en la sede de Madrid. El escrito incluía también ejemplos de lo que yo llamo «monserga empresarial»; palabras, para mí, vacías sobre la filosofía de la compañía y el espíritu de equipo. Repetía la gran mentira de que las puertas de los despachos de la planta noble están siempre abiertas para cualquier empleado. Luego insistía en la necesidad de renovarse para seguir siendo competitivos y argumentaba que este imperativo no incumbía solamente a la empresa como ente abstracto, sino a todos y cada uno de nosotros. «Pregúntate qué haces para seguir aportando, pregúntate qué puedes mejorar, mira hacia atrás y pregúntate también si has evolucionado, porque *evolucionardo* [la errata está en el original] empujas al resto a evolucionar. Cada mejora individual es una mejora global.» En casa no tengo acceso al correo corporativo, pero me aprendí estas palabras de memoria, no sé por qué. Bueno, sospecho el motivo: por mucho que lo llame «monserga empresarial», tengo un gran sentido de la responsabilidad en el trabajo y estas cosas que nos dicen, dejando a un lado la ampulosidad de la retórica, hacen mella en mí y procuro aplicarme el cuento. Mi conclusión es que no he evolucionado en todos estos años. Mi trabajo no ha cambiado salvo en pequeños detalles (actualizaciones de *software*, algún protocolo optimizado) y mis intentos de aportar caen de forma sistemática en saco roto. No se me escucha y eso se debe a que mi labor es mecánica y poco decisiva, y es imposible que esto cambie porque no se me escucha. Es un círculo vicioso en el que estoy atrapado. Tal es la frustración que esto me genera que tuve la tentación de sucumbir a otro de mis arrebatos y responder al presidente a título personal. Siento una presión en el estómago cuando pienso en esta posibilidad; me lo planteé como quien mira al abismo y se imagina saltando, pero muy lejos de estar dispuesto a hacerlo de verdad. Me contuve, y bien que hice. ¿O no? ¿No insiste en que las puertas de los despachos están abiertas? ¿Y si, de repente, le sorprende mi respuesta y esto hace que, al fin, la empresa me tome en serio? Nada, nada. Esto no es pensamiento positivo, esto es directamente una bobada de una ingenuidad ridícula. Hice bien en borrar su correo para evitar que, con la guardia baja, me decidiera a responderle. Reconozco que estuve bien ahí. Poco a poco aprendo a domesticarme.

RE: RE: RE: RE: RE: RE: RE: RE: RE: RE: RE: RE: RE:

Natalya:

Respondo a tu último mensaje esforzándome por mantener la calma, pero con el estómago como una piedra. Por mucho que me digas que no buscas riquezas ni una buena habitación, y que podrías incluso dormir en el suelo (cosa que ni en sueños tendrías que hacer, al menos en mi casa), debo insistir en que te estás precipitando. ¡Cómo se te ocurre ir a una agencia de viajes! ¡Para el carro! (¡Detente!). Sigo dispuesto a ofrecerte mi hospitalidad y ese presupuesto que me adjuntas, aunque es caro por ser un vuelo internacional, podría afrontarlo si no hubiera otra opción. Pero la cuestión no es esa. Tú estás desesperada y yo lo estoy también, luego entenderás por qué (dijo el rey del suspense). Tengo claro que, en plena desesperación, se toman las peores decisiones. Actúas como si no tuvieras nada que perder, pero en una tierra extranjera, sin dominar el idioma, no lo tendrías nada fácil para encontrar un trabajo. Te repito lo que ya te sugerí: concédete unos días para pensar bien en las opciones que tienes en Rusia antes de descartar tu futuro en tu país. No es que quiera escurrir el bulto (desentenderme), es que veo cómo viven aquí los extranjeros. Pienso en las prostitutas rusas, muchas veces forzadas, y me aterra la posibilidad de que acabes así. Puede que hable mi miedo patológico al futuro, pero las noticias de los periódicos me dan la razón. No vayas a salir del fuego para caer en las brasas.

El lunes de esta semana ha prendido una mecha en el cubículo y no sé hasta dónde llegarán las llamas. No estoy dramatizando, ya que la doctora está de acuerdo en que la situación es grave. Juanma fue el que provocó el incendio; esto lo tengo claro y nadie me convencerá de lo contrario. Es un mal bicho y no me vale su juventud como disculpa. Yo estaba totalmente volcado en mi tarea administrativa mientras él miraba el móvil, que es lo único que sabe hacer. Por el rabillo del ojo, vi que empujaba su silla poco a poco hacia atrás para alejarse del escritorio. Yo seguí a lo mío; pero, de repente, el destello de una luz blanca dejó al chaval en evidencia. Estaba sacándome una foto con su móvil sin darse cuenta de que tenía activado el *flash*, de ahí que se hubiera alejado: quería contar con mayor perspectiva. Lo fulminé con la mirada y él, desarmado, titubeó y dijo «perdón», sin duda avergonzado. Noté entonces un torrente de sangre hinchándome la cara. Mi corazón parecía un motor acelerando. Me sentí humillado, traicionado, cosificado, como una bestia grotesca a la que arrojan pedazos de carne solo para ver qué hace. ¿Puede que la tomara con él por toda la rabia que llevo meses, años, acumulando? No lo negaré, aquello fue la gota de desprecio que colmó mi vaso. Me levanté y el chaval, aterrado, hizo lo propio, retirándose hacia la puerta. Antes de que lograra escabullirse, le arreé una patada a la silla (¡maldita sea esa silla!) y se la estampé contra las piernas con violencia gritándole «hijo de puta». Él abrió la puerta de la celda para escapar de mí y enseguida acudió gente alarmada al pasillo; es posible que pensaran que esto iba a suceder tarde o temprano. Se llevaron a Juanma (convertido en pobre víctima) lejos del agresor, ese Volao al que habrá que encadenar de una vez al ordenador ya que se ha confirmado, sin ningún género de dudas, que es un peligro para los demás. Encerrado en mi jaula, oyendo aún los cuchicheos al otro lado de la puerta, me tomé dos ansiolíticos del tirón. No me calmé en el momento, pero luego, en casa, me eché una siesta de esas de pijama y babilla en la almohada.

Al día siguiente, la doctora Toro fue clara y tiró de frase manida: «La violencia es inexcusable». Cómo negarlo. Sin embargo, habría que ver de qué violencia hablamos, pues, desde mi punto de vista, fotografiar a escondidas a una persona para burlarse de ella en internet también es violencia y es, asimismo, inexcusable. Pero no se trata de cruzar acusaciones como en el colegio, en esto le doy la razón, sino de analizar qué ocurrió y cómo podría haber gestionado la situación sin llegar al extremo de agredir a nadie. Por suerte o por desgracia, mi jefa me ha concedido tres semanas de descanso para reflexionar. Me lo comunicó por correo electrónico, ni siquiera hubo un encuentro presencial que me diera la oportunidad de relatar mi versión de los hechos. Hay un veredicto formulado ya, una sentencia dictada, y no está en mi mano darle la vuelta a la tortilla (cambiar la situación a mi favor). En su mensaje, me informó de que tendría que abrir un expediente informativo, siguiendo el protocolo que se activa en este tipo de casos, pero que lo importante era que recuperara mi sosiego. El objetivo es volver a la normalidad y al buen ambiente en el trabajo «sin necesidad de abrir procesos de sanción o disciplinarios». Quizá para compensar ese lenguaje tan frío, agregó: «Nadie está en tu contra; no obstante, hay cosas que no se pueden dejar pasar y la empresa está en la obligación de darte un toque en forma de amonestación por escrito». Y, antes de la despedida formal, la frase que más agradecí: «Admito mi parte de responsabilidad al encargarte la supervisión de un becario cuando ha quedado claro que no estabas preparado para eso». Se lo repetí todo a la psicóloga y noté en su mirada el hartazgo, que es también el mío. El incidente de la patada (que para mí sigue siendo el incidente de la fotografía) es un paso atrás en la terapia, una vuelta a la casilla de salida desde una posición aún más comprometida en el trabajo. La frustración de la doctora se tornó en decepción cuando le confesé que no me había tomado las pastillas cuando tocaba, que lo hice justo después del arrebato violento, y, además, de forma impulsiva y sin seguir las instrucciones de la receta. «Si no eres sincero conmigo, no podré ayudarte», me señaló con una tristeza que no sé si era fingida. A estas alturas sospecho que está de mí hasta la coronilla. Le prometí que no se volvería a repetir, que en adelante seré un libro abierto, y le supliqué que llamara a mi jefa para que al menos supiera que estoy trabajando para mejorar, que he aprendido la lección y que empezaré a medicarme en serio. No quiso hacerme ese favor y tampoco se molestó mucho en argumentar su negativa. Defendió que mi jefa estaba siendo incluso protectora conmigo, pues lo que yo había hecho el día anterior era motivo de despido procedente. No hacía falta, por tanto, pedirle que hiciera nada más que lo que ya estaba haciendo, que no era poco. «Mucho la defiendes», pensé recuperando mis sospechas. Luego me dijo que son los actos, y no las intenciones, los que obrarán en mí el cambio, y que ese cambio mejorará también la percepción que tienen los demás de mí, incluida mi jefa. «La virtud nace del buen hábito, y el buen hábito nace de repetir acciones en la dirección correcta hasta que se interiorizan como parte del comportamiento», recitó, aclarando luego que esto lo decía Aristóteles, aunque a mí me sonó a frase de adiestrador de perros.

Y de los perros pasamos a los gatos. Por culpa de mi siesta potenciada por las pastillas, llegué media hora tarde a Peluditos. Y debido a ese retraso tuve que lidiar con la tal Lito, de voz estridente y habla atropellada, pues su compañero acababa de irse y ella tomaba el relevo coincidiendo con mi llegada. Yo seguía medio grogui (confuso, aletargado), así que me perdía la mitad de sus explicaciones. Nada más entrar en el local, me echó para atrás el tufo a animalidad. Luego, cuando Lito me enseñó las jaulas, el olor fue a más, pero también es cierto que me fui acostumbrando. Tienen dos pasillos largos llenos de gatos metidos en jaulas, unas al lado de otras como productos en el lineal de un supermercado. Ya lo había visto en las fotos de la página web, así que no me sorprendió. Había algunos pequeños y otros realmente machacados por la vida, con los que me identifiqué más. Egoístamente, pensé que me convenía uno de aquellos gatos viejos porque, si no acababa de adaptarme, me duraría menos. Aunque luego reculé pensando en las facturas del veterinario. Lito no me preguntó en ningún momento con cuál de los bichos me quería quedar y tampoco intentó colocarme ninguno. Después de la visita guiada, volvimos a la entrada y me invitó a sentarme frente a ella. Me sometió entonces a una suerte de entrevista de trabajo. Primero se interesó por mi relación con los animales (que es nula). Me preguntó por qué había pensado en un gato y no en otro animal. Luego pasó a valorar mi vivienda: quiso saber si el piso es muy alto, cómo son mis ventanas, si hay o ha habido otras mascotas viviendo allí, si me mudo frecuentemente, si paso mucho tiempo en casa y cuántas horas trabajo fuera, si conozco a alguien que pueda cuidar del animal si me toca viajar, etcétera. Todas estas cuestiones las formulaba como disparos breves, una tras otra; y yo, que estaba espeso, intentaba contestar mientras ella ya pensaba en la siguiente pregunta. Lo que le fui respondiendo no parecía impresionarla demasiado hasta que, no sé por qué, le expliqué algo así como que mi intención era adoptar un gato que tuviera tanta necesidad de apoyo y compañía como la que tenía yo. No recuerdo si lo dije así exactamente, pero la idea era más o menos esa. Y con eso creo que me la gané, desperté su ternura (sospecho que mis ojos, un poco vidriosos por la sedación química, añadieron un plus de dramatismo que acabó de rematar la faena). Creía yo, ingenuo de mí, que iba a salir de allí con un gato en una caja de zapatos. Nada más lejos. Para empezar, iba a necesitar un transportín, una fuente de agua o un platito en su defecto, algún juguete, premios y no sé cuántas cosas más. Y eso si finalmente se aprobaba mi solicitud, lo cual aún no estaba decidido. No quise decir lo que se me pasó por la cabeza porque habría jugado en mi contra, pero no comprendo tantos remilgos si, al fin y al cabo, estaba allí para sacarles un gato de encima y evitar que tuvieran que sacrificarlo. Parece que su burocracia es más fuerte que la conveniencia, lo que quizá explica también por qué están siempre saturados y tienen que insistir pegando carteles en todas partes para dar salida a tanto bicho. El colmo fue que, terminada la entrevista, Lito consideró que al ser nuevo en el tema era conveniente que le enseñara mi piso para acabar de confirmar que mis ventanas son seguras. En el caso de que no lo fueran, ella misma me asesoraría para que pudiera instalar elementos protectores. Le pregunté si quería que le mandara fotos, pero insistió en verlo en persona. Me pareció un despropósito total. Hoy en día la vida se ha vuelto una cosa tremendamente complicada. Antes, en los pueblos, los gatos que sobraban iban a una bolsa que acababa en el río. No es que lo defienda, pero me temo que hemos pasado al otro extremo. Por otro lado, ¿qué pasa si un gato se cae de una ventana? Ya sé que no tienen siete vidas de verdad; pero un gato es un gato, digo yo. Mi psicóloga me aseguró que con un animal todo fluye, pero no hemos ni empezado y ya se me está sometiendo a una especie de curso de capacitación. En otras circunstancias, me habría ido dejando claro todo esto que acabo de exponerte por escrito. Pero algo influirían los ansiolíticos, pues me mostré extrañamente dócil. Sin saber cómo, había invitado a mi casa a esa mujer cuya palabrería me saca de quicio y con la que no me veo capaz de aguantar ni diez minutos tomando una cerveza en una terraza. De todas formas, me lo planteo como un entrenamiento y también pienso en lo mucho que me dolió que la doctora me hiciera notar que, a veces, con mi ansiedad, pongo nerviosa a la gente sin siquiera decir nada. Supongo que ahora me toca a mí ser comprensivo con Lito y aceptarla como es, al menos si pretendo completar el proceso de adopción con todas las garantías. Te confieso, eso sí, que, si antes del próximo miércoles me encuentro con un gato abandonado en un callejón, me lo llevo a casa con pulgas y todo y a esa señora la mando a freír espárragos, que no estoy yo para aguantar a nadie, y menos estos días.

Iniciada la gestión de la mascota, mis vacaciones forzadas me permitieron también dedicar la mañana siguiente a lo del gimnasio. No me apetecía nada, pero era momento de demostrarle a la psicóloga que estoy comprometido con mi recuperación. La primera aproximación consistió en plantarme en la recepción del Boba Fit, que está a diez minutos de mi casa, con mi traje de la oficina para asegurarme así de que el primer día no me harían correr. ¡Tales son mis ganas de apuntarme! Es muy barato y, como informan en su web, ofrecen esas clases en las que estás sentado en una bicicleta estática. Me inscribí al curso de *spinning*, que se hace por las tardes con un tal Brambilla, entrenador homosexual al que me presentaron. Al ofrecerme su mano blanda y sudada, me dio asco por blanda y por sudada, no por homosexual (quiero dejar claro este punto, hoy en día conviene andar con pies de plomo por este terreno embarrado). «Este es un gimnasio de barrio», me dijo el monitor con su acento italiano, sin especificar qué implicaba eso, si era bueno o malo. Con la inscripción no me hicieron tantas preguntas como Lito. Simplemente, rellené un formulario con los datos habituales y me fui de allí con una toalla de propaganda y la sensación de que, pese al gran descalabro en la oficina, me había puesto en pie de nuevo y ya estaba orientado hacia los buenos hábitos, que acaban convirtiéndose en virtudes. Al final, como ves, esas frases de las que al principio me río un poco se acaban convirtiendo en mis mantras. Ojalá te pase a ti también con lo de ir paso a paso en la vida, sin dar bandazos, como no me canso de decirte, siempre con la mejor de mis intenciones y convencido de que tú también harás de la adversidad el motor de tu mejoramiento.

RE: RE: RE: RE: RE: RE: RE: RE: RE: RE: RE: RE: RE: RE:

Natalya:

Sigues erre que erre (empeñada) en tu proyecto de huida. No sé qué más decirte. Lo de que «llegar a ti cuesta ahora 1.200 euros» no tiene ningún sentido. ¿Puede una agencia subir el precio de un día para otro? ¿Acaso son los presupuestos papel mojado? ¿Para qué sirven, entonces? Tu mensaje es dulce y a la vez cruel, como la vida misma. Te despides diciendo que eres mi «mujer y princesa» poco después de haberme dejado claro que esperabas «de nuevo» recibir mi ayuda. «No quiero meter prisa, pero hay que pagar estos días», insistes, con un apremio que no comprendo, pues no dejo de aconsejarte que no hagas ese viaje aún, que te lo pienses bien. Me sometes a mucha presión y sabes por lo que estoy pasando estos días. ¡Relájate! Yo también soy de ideas fijas; pero, al menos, deja que aclaremos el precio de ese billete, no vaya a ser que te estén tomando por el pito del sereno (tomar el pelo, engañar). Ten en cuenta que, si te ven desesperada, se aprovecharán de ti. Me ofrezco a negociar con esa gente, aunque tengas que traducir al ruso mis palabras. Lo que no puede ser es que un billete pase a costar el doble de un día para otro. Igual las cosas funcionan así en Rusia. Sé que hay países en los que es normal regatear. En tal caso, es preferible que consulte desde aquí los precios de alguna aerolínea española. El mundo es una jungla y la urgencia es mala compañera de viaje.

Estoy roto por las agujetas. Sabía que no estaba en plena forma, pero me resultó imposible seguir el ritmo de la clase de *spinning* el lunes. Fue humillante ver que señoras de cincuenta o sesenta años, algunas de ellas entradas en carnes (gordas), pedaleaban sin mayor problema mientras yo luchaba para no desmayarme. «No es la edad, cielo, es la constancia. La constancia es la clave. Hacerlo cada día», me dijo Brambilla con tono paternal (o más bien maternal). El implacable Brambilla. Este hombre tiene una energía que no se acaba nunca. Mientras sufría en la bici, sudando como un cerdo, miraba de reojo a los que iban a su bola en la sala de máquinas, separada de la nuestra por un cristal. Escuchaban música y hacían sus repeticiones o sus abdominales sin tener que seguir instrucciones de nadie. Me dan envidia. Sudar escuchando a Rosana, pensando en mis cosas, sería más llevadero. Pero la psicóloga dejó muy claro que las visitas al gimnasio no pueden convertirse en una actividad individual, así que me toca aguantar. Al terminar, intercambié miradas con algunos compañeros mientras nos secábamos el sudor usando nuestras toallas corporativas, sin llegar a iniciar ninguna conversación. Un señor me miró y suspiró teatralmente como queriendo decir «qué tortura», y yo asentí intentando ser espontáneo. Pero nada más; se fueron todos al vestuario. Yo preferí ducharme en casa: no me siento cómodo desnudo ante desconocidos y en las duchas públicas se pueden coger hongos en los pies. Además, mi indumentaria no era la mejor y estaba un poco avergonzado. Tendría que haberme comprado unas mallas modernas o, al menos, un chándal nuevo; pero me presenté con una camiseta de Caja Rural (propaganda), unos pantalones cortos y unas J'hayber (zapatillas antiguas y amarillentas) que deben de tener más de veinte años. No diré que daba la nota, aunque, al verme en los espejos de la sala, pensé que, fuera de contexto, alguien podía pensar que era un mendigo. Y eso no ayuda a hacer amigos, de modo que el martes fui a comprarme ropa de deporte nueva a una mercería cercana. Nada del otro mundo, pero decente. La estrené el miércoles en la clase de Brambilla, que se me hizo igual de dura. Intento no pensar en un posible infarto debido al repentino esfuerzo, no sé si es bueno pasar de cero a cien en tan poco tiempo. El monitor está convencido de que dentro de dos o tres semanas estaré al nivel de los demás. Me soltó una monserga sobre las endorfinas. Algo parecido me había dicho el día anterior la doctora Toro, que defiende que el ejercicio, combinado con la medicación, me ayudará a vivir mejor, con menos tensión existencial. Mi sensación es la contraria: creo que esas pastillas me sumen en un estado de aletargamiento que dificulta aún más mi rendimiento en el gimnasio, y eso me frustra. Ella dice que con una dosis tan pequeña esto es imposible. Y que no quiere ni oír hablar de infartos, que los infartos los provoca el sedentarismo, no el ejercicio regular. Intento incorporar sus argumentos, pero la fatiga me lleva a ser escéptico. Me ayuda más tomarme el ejercicio como una actividad laboral, como un objetivo para cumplir (de nuevo, incapaz de «orientarme hacia el deleite», parafraseando a la doctora). Confieso, de hecho, que tengo mono de ir a trabajar. Síndrome de Estocolmo, lo llaman. Aunque las cosas en la oficina estén complicadas, la actividad mecánica de introducir datos en el ordenador constituye un pilar de mi estabilidad; es mi zona de confort, que se dice ahora. Pienso, además, que los informes se estarán acumulando sin remedio en el archivador durante mi ausencia. Cuando me incorpore, tendré que enfrentarme a una pila enorme de papeles por procesar. Pero incluso eso me parece más asumible que la hora de saltos y pedaleos en el Boba Fit.

El asunto del gato no avanza. O no lo hace, cuando menos, en la dirección prevista. Se lo expliqué a mi hermana, que me llamó (cosa rara, nunca hablamos por teléfono) y me preguntó si había contactado con la asociación. Mi reflexión fue que, más que adoptar un gato, al parecer había adoptado a una señora. ¿Por qué dije esto? Pues porque Lito se presentó en mi casa el miércoles, tal y como habíamos convenido, y se quedó toda la tarde. Yo estaba agotado por el gimnasio, pero tuve que poner buena cara y ser un buen anfitrión. Repasó una a una las ventanas, examinó el patio interior, me confirmó que iba a tener que comprar, como mínimo, dos rejillas protectoras para las ventanas que dan a la calle. «Si se caen desde aquí, se matan», dijo muy seria. «Otra con ansiedad anticipatoria», pensé yo. Todo este proceso de revisión le llevó unos veinte minutos, porque aprovechaba cada detalle para contarme anécdotas que no venían a cuento. Que si mi piso le recordaba al de una amiga suya; que si ese suelo, bien pulido, iba a quedar como nuevo y bien merecía la pena («te pasaré el contacto de una empresa», prometió); que los gatos me iban a rascar ese mueble y ese otro; que debía hacerme a la idea y, por si acaso, comprar feromonas y un rascador... Tiene mucho carrete la Lito y no entiendo la mitad de lo que dice, pero para ella es más importante hablar que ser escuchada. Me la imagino charlando todo el rato con los gatos de la asociación y los pobres bichos preguntándose cuándo va a llegar el sacrificio que los libre de ese suplicio. Estoy siendo un poco cruel, y mira que me propuse ser comprensivo con ella porque yo tampoco soy fácil de aguantar. De todas formas, ya te digo que le dediqué toda la tarde y ella estaba encantada, y en mí ya ni siquiera había interés egoísta. Quiero decir que, llegados a este punto, si no me dan el gato no va a importarme, pues se me hace cuesta arriba. Ella insistió en que lo suyo sería adoptar dos gatos y no uno, para que se hicieran compañía. Imagínate. Y lo daba por hecho hablando todo el rato de los gatos en plural. Lito es de esas personas que, si las dejas, te organizan la vida a su criterio. La Virgi estaba encantada con todo lo que le contaba. Le parecía la mar de divertido e insistió en que eso era lo que yo necesitaba, alguien que me pusiera las pilas. Me preguntó entonces si seguía «con la rusa esa» o si ya se me había pasado. No le tuve en cuenta el tono porque no te conoce y piensa que lo nuestro es más superficial. Y tampoco la culpo porque es lo más común, muchos hombres van a lo que van. Lo que sí le dejé claro es que se podía olvidar de un posible romance entre Lito y yo, pues no es mi tipo. No diré que me dobla la edad, pero lo parece. Lleva un corte de pelo de señora mucho mayor, toscamente teñida, con media melena y unas pintas de jipi que encajan a la perfección con los tópicos. El caso es que quedamos en que miraría lo de las protecciones y conseguiría un transportín, que la avisaría por teléfono cuando estuviera listo y, entonces, volveríamos a vernos en la asociación para decidir qué gato (o gatos) me iba a llevar. Dudo que haga nada de todo esto. Estoy tan agotado que no puedo organizarme ni planificar nada.

Con mi hermana no solo hablé del asunto de los gatos. Este tema fue el detonante de una de las conversaciones más intensas que hemos mantenido nunca, me atrevería a decir.

Casi cuarenta minutos al teléfono, ahí es nada. Me preguntó qué tal en el trabajo y mentí a medias diciéndole que me había tomado unos días de descanso y que había aprovechado para apuntarme al gimnasio. «Pareces otro, a ver si vas a estar en una de esas crisis de edad que tenéis los tíos: ejercicio, romances con una joven rusa... Te falta el descapotable», dijo con tono burlón. Para cortar en seco la frivolidad, que por algún motivo me resultaba irritante, le confesé que estaba yendo a terapia. Hubo un silencio breve; después, con un gran efecto dramático y muy seria, me dijo: «Yo también. Desde hace un año y medio». De nuevo, un silencio para procesar la información. «¿De lo de las manos estás bien?», le pregunté mientras volvía a mí el recuerdo de la pobre chiquilla frotándose bajo el grifo enajenada. Me arrepentí de la pregunta porque acababa de sacar un tema tabú que quizá ella tenía enterrado. Por suerte, respondió con naturalidad y me explicó que lo de las manos no le había vuelto a pasar, pero que sí se había manifestado el trastorno obsesivo-compulsivo en otros comportamientos anormales, aunque menos llamativos. Me confesó que lo había pasado muy mal en el trabajo durante una época larga porque, gradualmente, había desarrollado una fobia a la suciedad que, como enfermera, le ponía las cosas muy difíciles. Empezó a tratar de forma distinta a los pacientes. No mal, pero les cambiaba la ropa en cuanto veía una pequeña mancha, algo exagerado. Al final, sus compañeras, que se ve que la quieren mucho, consiguieron que fuera «a mirárselo». Desde que va al psicólogo se encuentra mucho mejor, aunque me explica que la mejora es muy lenta. Yo le dije que tenía mucha suerte de que sus compañeras la apoyaran y que no era mi caso. Ella matizó, entonces, sus palabras. Me contó que uno de los problemas que tiene con sus colegas es que la tratan con cierta compasión, sobre todo desde que le pasó lo del trastorno de la limpieza. Le hacen de enfermeras, vaya. Y no la toman muy en serio. Yo podría haberme soltado en este punto y compartir con ella toda la mierda, todas las humillaciones en las que vivo instalado desde hace tanto tiempo y que han llegado a unos extremos insoportables. Sin embargo, no quise que aquello se convirtiera en una competición para ver quién de los dos estaba más jodido (aunque ganaría yo, creo que está claro). Supongo que todo esto para ti son minucias, problemas del primer mundo, como se dice, y no voy a discutírtelo. Aquí también hay bastante gente a la que echan de sus casas, pero no es lo mismo que lo tuyo. Ni siquiera los mendigos están en las mismas condiciones, empezando por el clima. Hasta en la miseria hay clases. Pero tú no estás en la miseria ni lo vas a estar, porque no estás sola. No estamos solos. Nuestro vínculo es más real que el de muchas personas que se ven todos los días y que no se agacharían ni para recoger al otro del suelo si se desplomara.

RE: RE: RE: RE: RE: RE: RE: RE: RE: RE: RE: RE: RE: RE: RE:

Natalya:

Gracias por facilitarme todos los datos, me los guardo para hacer el ingreso cuando las cosas estén claras. Entiendo que no te fíes de internet. En España el comercio electrónico es algo normal y corriente, pero he oído cosas sobre *hackers* rusos y comprendo que seas muy cauta. De todas formas, yo no te hablé de comprar los billetes en una página web ni nada, solo me pareció extraño que la agencia de viajes subiera el precio sin aparente justificación. Si confías, como dices, cien por cien en esa agencia, adelante; pero en la página oficial de Iberia, que es una aerolínea española muy conocida, no una empresa rara, he encontrado billetes casi la mitad de baratos. Comprendes mi interés en que no nos timen, ¿verdad? No podemos permitírnoslo porque tú no tienes ingresos y yo no tengo nada claro mi futuro laboral. Hay que mirar el céntimo (no derrochar), aunque tus ganas de huir de esa situación te empujen a aceptar la primera oferta. ¿Por qué no dejas que compre yo el billete? Solo necesito tu nombre completo y tu número de pasaporte. Me quedo con la información de Western Union que me mandas por si te ves en una urgencia inaplazable y necesitas un ingreso rápido, pero permíteme insistir en lo del billete porque yo lo puedo sacar en mejores condiciones que tú. Créeme cuando te digo que lo de «mi agencia es lo más barato» será verdad en tu país, pero no en el mío. Y aparcando ahora este asunto, quiero transmitirte que yo también estoy «embriagado por el amor». Al menos, si entendemos que es amor el hecho de pensar en la otra persona de forma recurrente y tener ganas de compartir con ella las cosas que te pasan, buenas o malas, porque la sientes ya como parte de tu vida. Tengo ganas de dejar atrás las dificultades pecuniarias, los laberintos logísticos, y poder disfrutar contigo de «besos apasionados y abrazos calientes», como dices tú. Y eso que últimamente no estoy muy sensual, puede que por las pastillas.

Este martes, al entrar en el edificio en el que la doctora Toro tiene su consulta, me encontré con Yuri y su madre bajando el último tramo de las escaleras, ella asiendo con fuerza al pequeño por el brazo bueno. El ascensor no estaba ocupado, así que deduje que uno de los dos, o los dos en el peor de los casos, tiene miedo a usarlo. Son seis pisos, no es normal que te plantees bajar andando para no tener que esperar demasiado. Me alegré, en cualquier caso, de comprobar que al chico le han quitado al fin la escayola. Ahora lleva solo una venda. Les di las buenas tardes y la mujer me despachó con un «hasta luego». El niño, con esa mirada hueca que tiene, ni reaccionó. Pienso que debe de ser habitual que los pacientes de los psicólogos y los psiquiatras prefieran no interactuar con los otros enfermos, tal vez porque sospechan que están mal de la cabeza y pueden dar problemas. Uno siempre se ve mejor que los demás en este sentido. No pasa tanto con los problemas físicos, con los que muchos alardean de estar peor que el que tienen al lado. Raramente verás a un anciano decir que está más esquizofrénico que su compañero, pero sí que tiene más problemas de movilidad. De una cosa se presume, de la otra se avergüenza uno. En un caso transmites debilidad e incitas a que te cuiden y en el otro das miedo o provocas desconfianza y la gente se aparta, como me pasa a mí en la oficina sin siquiera ser esquizofrénico. Las cosas son así, qué le vamos a hacer. El loco que habla solo y gesticula provoca que te cambies a la otra acera para que no te la líe. El impedido no suscita esa reacción. En su caso, si te cambias de acera es para darle espacio y que se sienta así más cómodo. Y, cuidado, esta reflexión no la hago sintiéndome superior: varias veces me ha pasado que me he asustado al ver a uno por la calle hablando fuerte y gesticulando y me he apartado. Luego me doy cuenta de que está hablando por teléfono con un auricular y me río de mis propios prejuicios.

El gimnasio y mi hermana fueron los principales platos del menú en la sesión de terapia. Mi balance de cero interacciones sociales en las dos primeras semanas de *spinning* no extrañó a la psicóloga. Volvió a recordarme la importancia de no buscar la conexión con los demás de forma brusca y apremiante, ya que surgiría la ocasión de manera natural. Sí me aconsejó, siempre que procediera y no quedara forzado, abrir fuego con preguntas sencillas y circunstanciales, como, por ejemplo: «¿Hace mucho que vienes a este gimnasio?» o «¿Sabes si hay algún sitio cerca en el que pueda [comer, tomar buen café, etcétera]?». Son «movimientos de apertura» razonables, estoy de acuerdo. Aunque no me sirvieron con el becario porque con él empecé con mal pie (y porque además es mala gente), tiene sentido seguir creyendo en esta vía. No soy muy ducho en la materia (hábil), pero seguiré intentándolo y me esforzaré para que quede claro que no soy ese loco que grita incongruencias a los pájaros, sino la persona normal que habla por teléfono con los auriculares puestos.

Le conté a la doctora que mi hermana se reía de mi crisis de edad y eso nos llevó a centrarnos en mi relación con ella, que con la excusa banal de la adopción del gato está alcanzando un grado de intimidad que nunca antes habíamos tenido. La psicóloga tuvo a bien señalar que había sido la terapia lo que me había animado a invitarla a comer a mi casa, pues estaba removido por hablar de mi pasado y se me había despertado la necesidad de acercarme a ella. Luego ya vino lo del gato, que actuó como pretexto para mantener viva la llama de ese vínculo. Hay que admitir que es verdad. Me empeño en no mirar al pasado familiar, como si solo fuera a traer más problemas, y, por el momento, ese ejercicio, aunque agotador, ha tenido una consecuencia en principio positiva. Digo «en principio» porque, cuando profundizas en una relación que siempre ha sido más o menos superficial, puedes llevarte sorpresas no necesariamente agradables. Como, por ejemplo, la que se llevaría ella si yo le contara lo que sé sobre la muerte de nuestro padre. Este tema no salió de forma explícita, pero planeó como un buitre proyectando su alargada sombra en la consulta. La doctora destacó lo positivo que había sido que yo me atreviera a decirle a la Virgi que estoy yendo a terapia. Cree que, igual que ella correspondió a la confesión abriéndose a mí y descubriendo ambos que teníamos eso en común, es muy posible que, compartiendo con valentía más secretos que nunca nos hemos contado, volvamos a llevarnos sorpresas interesantes. En este punto, en vez de ir directa al asunto de mi padre, hizo una larga reflexión que quizá a ti te parezca de sentido común, pero que a mí me impactó porque señalaba cosas que nunca me había planteado. Intentaré reproducir lo que dijo con suficiente precisión. La tesis de la doctora Toro, que quizá es una receta que figura en cualquier manual de psicología, defiende que el pasado afecta a nuestro presente y que eso es bien sabido por todos, pues es un lugar común la idea de que las causas acarrean efectos. Sin embargo, hay cierta tendencia a pensar que el pasado pasado está y poco se puede hacer para cambiarlo. «Hay que mirar hacia delante», decimos, yo el primero. No somos conscientes de que sí es posible volver atrás en el tiempo para modificar el presente, como en *Regreso al futuro*, la película del calvo con melena y el chico del monopatín. Los efectos del pasado se pueden alterar si aprendemos a interpretar nuestra historia de forma diferente (no hacen falta coches mágicos). Por ejemplo, enriqueciendo nuestro conocimiento de lo que ocurrió con nuevos datos u otras perspectivas. Todos elaboramos de forma inconsciente un relato que explica cómo hemos llegado hasta ahí. A veces, ese relato contiene párrafos escritos por otros, pasajes contaminados por lo que han dicho los demás, por supuestas verdades que nos han hecho creer desde siempre. Madurar es revisar ese relato y aportar un criterio propio. Por ejemplo: igual crees que siempre fuiste un niño inútil y gandul y, en la edad adulta, con nuevas herramientas adquiridas, eres capaz de mirar de nuevo a ese niño y darte cuenta de que fue una criatura totalmente desasistida por sus padres y a quien nadie ofreció estímulos para crecer y convertirse en una persona de provecho. Esa alteración consciente de nuestro relato sobre lo que vivimos puede ser buena, como en este ejemplo que he puesto, pero también mala. Es posible que lo que nosotros siempre creímos que era normal entre niños hoy en día encaje perfectamente con el acoso escolar y debamos entonces aceptar que hicimos daño a otros. Un pasado que nunca fue problemático para nosotros se convierte en motivo actual de conflicto interno. «La memoria reelaborada conlleva reparación y también rendición de cuentas», dijo la doctora. Esa frase sí que es tal cual como ella la formuló, porque se me quedó grabada. La base de todo el asunto es no dar por hecho que nuestra versión del pasado, nuestra historia y, por tanto, nuestra identidad son cosa objetiva y completa. Evitamos reescribirla porque tampoco se puede vivir cambiando constantemente la idea que tienes de ti mismo. Pero hay personas (aquí ella no me señaló con el dedo, pero sí con los ojos) que sufren porque acarrean como una cruz una identidad repleta de secretos, miedos y malentendidos. Una identidad que necesita someterse a revisión, como los coches cascados. «Las emociones pasan de unos a otros, con especial intensidad en la familia, y muchas veces se produce el fenómeno del teléfono escacharrado: los afectos se degradan, las identidades se manchan con prejuicios nunca desmentidos y acabamos convertidos en adultos rotos, acomplejados, que nunca han mirado su pasado con ojos críticos.» Lo entrecomillo porque estoy casi seguro de que lo dijo así, palabra por palabra, y me viene muy bien ponerlo ahora negro sobre blanco (por escrito) porque sé que volveré a esta reflexión en el futuro. ¡Menudo sermón! Siento este momento tan intenso de filosofía barata, pero es importante para entender por qué fui el miércoles, después del gimnasio, al cementerio con mi hermana.

La Virgi se pidió el día libre a petición mía, sin entender qué mosca me había picado, pero intuyendo que era importante. Pensarás que mi idea era visitar la tumba de nuestros padres, pero no. A mi padre lo incineraron (¿quizá para evitar una futura autopsia?, esa es mi imaginación peliculera hablando) y la urna estuvo en nuestra casa mientras vivió mi madre. Al fallecer ella, decidimos incinerarla también. Mi hermana iba a vivir en aquel piso y no quería tener las dos urnas en una estantería como si fueran *packs* viejos de deuvedés que se van llenando de polvo, así que nos fuimos a Alicante y esparcimos las cenizas de los dos en una playa, cosa que creo que es ilegal. Fue todo un poco tétrico y cutre. Vaciamos las urnas, nerviosos por si nos pillaban, como quien mea entre dos coches al salir de un *pub* de madrugada. Nuestra madre no hablaba demasiado de su infancia, pero sabíamos que había veraneado en aquella cala y que guardaba un buen recuerdo de esa época. Incluso habíamos visto fotos de entonces (por cierto, no sé por dónde andarán). Mi padre no tenía nada que ver con todo aquello, pero la Virgi pensó que lo suyo era que descansaran juntos. De haber sabido que una mató al otro, igual su opinión no habría sido la misma; pero siempre creí (y sigo creyendo) que, una vez muertos, da igual, pues los que importan son los vivos. En concreto, a mí me importaba la tranquilidad de mi hermana, que estaba fatal en aquel momento. Volviendo a lo del cementerio: fuimos el miércoles por la tarde a visitar la tumba de nuestra abuela por parte de madre, a la que siempre nos referimos como la yaya. Una señora peculiar, de humor cambiante, cariñosa con nosotros solo a veces, como mi padre, aunque no tuvieran lazos de sangre. Se parecían y quizá por eso se llevaban a matar. En los últimos años se toleraban, y eso ya era un triunfo. Le dije a mi hermana la pura verdad: que estábamos allí como parte de mi terapia y que me atrevía a pedirle el favor porque entonces sabía que iba a comprenderlo. Creado el clima de intimidad necesario, seguí abriéndome a ella. Le expliqué que mi bloqueo en la vida, siendo una persona sana e independiente económicamente, tenía sus raíces en el pasado, y que enterrarlo no me estaba funcionando. Además, esa estrategia de no volver la vista atrás, de seguir mi camino solo y sin ataduras familiares, me privaba de mantener una relación apropiada con ella. Apropiada en el sentido de que dos hermanos deberían poder estar juntos, que es lo que significa el verbo hermanar (eso lo tomé prestado de la psicóloga, pero no se lo dije; la aclaración habría quitado fuerza a mi discurso y, como ya te expliqué, pago para poder apropiarme de estas perlas sin remordimientos). La Virgi se emocionó. La misma que se burlaba de mí por mi repentino interés en las mascotas, la misma que recelaba de los mensajes que intercambiaba con una chica rusa, se percataba de que esos comportamientos eran síntomas de un crecimiento personal del que ella nunca me había creído capaz. Lo que había empezado como un paseo tranquilo por el cementerio se tornó en una especie de deambular frenético. Tanto ella como yo, si hablamos de cosas que importan, si debemos concentrarnos en lo que estamos diciendo, apretamos el paso, aunque sea caminando en círculos, como cuando se habla por teléfono. Anduvimos, pues, por la misma ruta una y otra vez, pasando por delante de la tumba de la yaya como si fuera la meta en un circuito de atletismo. Llorando los dos, además, lo cual nos daba muchísima vergüenza incluso siendo algo que se permite y hasta se alienta en un camposanto. Me di cuenta, en ese nervioso paseo lleno de grandes confidencias y conmovedoras remembranzas, de que el maldito Brambilla estaba en lo cierto: mientras la Virgi resollaba y se sacudía el escote para aliviar su sofoco, yo rendía como un campeón, con una soltura que, de nuevo, dejó a mi hermana patidifusa (sorprendida). Ella también me salió por donde no esperaba. Me reveló cosas muy duras que nunca me había contado (mi versión del pasado empezaba ya a modificarse), detalles de la relación de mi madre con la yaya, viuda muy joven, acostumbrada a los lujos, que tuvo que ir dilapidando el patrimonio familiar para sacar adelante a la niña. Eso sí lo sabía, claro está, pero desconocía la rabia que le tenía mi abuela a la hija, un rencor tremendamente injusto que en ocasiones se materializaba en violencia, porque a la mala suerte no se la puede golpear. Mi madre encajaba toda la furia de aquella señora desgraciada y venida a menos que acabó no solo en la miseria económica, sino también en la moral. Siendo ya la hija adolescente, la yaya no le podía en lo físico, así que los desquites se centraron en lo emocional. Me contó la Virgi que, cuando yo vine al mundo, mi madre, con una niña de un año y mi padre un poco a por uvas (distraído), acudió a casa de la yaya para que le echara una mano. La mujer, con la altivez de quien se sabe odiada pero imprescindible, le aseguró que ese niño se le iba a morir, pues estaba claro que no lo sabría cuidar, que no sabía ser madre. No sé si fue por un tema de complicidad femenina, pero estos terribles episodios los compartió mi madre con la Virgi unos diez o quince años antes de morir, dejándome a mí al margen. Para protegerme, dice mi hermana. Y es verdad que me vio siempre como el más débil de los dos, incluso siendo ambos dos adultos hechos y derechos. Creo, de todas formas, que mi madre se veía más reflejada en su hija que en mí. Asistía con una impotencia tremenda a las humillaciones que la niña sufría por parte de nuestro padre (humillaciones verbales, en su mayoría, como las que la yaya le había infligido a ella), mientras que yo, por mucho que recibiera una hostia de vez en cuando, no estaba tan expuesto a ese dolor lacerante que causan las palabras cuando se blanden como espadas, un dolor que te estrangula por dentro y que puede acompañarte de por vida como un invisible parásito implacable. Eran, en definitiva, dos mujeres unidas por el maltrato de quien, en teoría, más te tiene que cuidar y proteger de los embates de la vida. Lo estoy contando como quien redacta un atestado y, con ello, no estoy siendo fiel a las emociones que brotaron al relatarme estas historias familiares. Incapaz de soportar la intensidad de aquellos sentimientos, la Virgi tiró de sarcasmo como quien rebaja el wiski con agua y concluyó su discurso jurando que lo que más le reprochaba a la yaya no era ninguna de las crueldades que me había detallado, sino la obesidad que le había legado en forma de herencia genética. «A ti te dejó el piso y a mí las lorzas», dijo con una risa que era una mueca húmeda, incapaz de sacudirse el drama de la cara.

RE: RE: RE: RE: RE: RE: RE: RE: RE: RE: RE: RE: RE: RE: RE: RE:

Natalya:

Menudo energúmeno está hecho tu casero. No puedo presumir mucho de templanza (ya conoces mis arrebatos), pero sus amenazas son injustificables y comprendo que no te sientas segura. Creo que deberías dar parte a las autoridades, con afán disuasorio. No has hecho nada malo y, si te quiere echar, tendrá que respetar los cauces legales. En mi país también hay gente que acosa a los inquilinos. Ocurre lo mismo en todas partes, tanto en lo bueno como en lo malo. Lo que quieren es meter miedo; sin embargo, a nadie le interesa acabar preso por algo así. No te dejes amedrentar. El tema de tu pasaporte no debería ser un problema. Aunque no quieras compartir la información personal por internet «porque hay gente malvada», me la podrías facilitar por teléfono, de viva voz. ¿Qué te parece? ¿No sientes curiosidad? Me refiero a que ahora se pueden hacer videollamadas con el móvil y el ordenador, sin que quede constancia de nada por escrito. Así podríamos vernos, oír por fin nuestras voces y acabar de formalizar la compra del billete en Iberia, si lo ves bien. Como tú dices, «superaremos todas las barreras juntos».

Esta ha sido la última semana de «castigo». Muchos hablarían de «vacaciones», pero yo necesito la placidez de una rutina, aunque sea una rutina llena de aristas y de soledad. Estoy orgulloso de los progresos y, analizando el asunto con perspectiva, me doy cuenta de que mi jefa obró bien al obligarme a descansar. Yo he correspondido siguiendo al pie de la letra las indicaciones de la psicóloga. Casi no he pensado en lo que me hizo el becario y, al estrechar lazos con mi hermana, siento que he ganado una amiga y confidente. Luego está el tema de la forma física, que ha mejorado, aunque desde fuera no se aprecie mucho, pues soy de constitución delgada. «¡Vamos, Rafa!», me gritó Brambilla el lunes para animarme. Se refería al tenista, imagino que lo conoces. Admiro de Nadal su capacidad para jugar con el pie destrozado. Me lo aplico a mí y me da fuerzas para regresar a Jenkins & Co. con la cabeza alta y espíritu de lucha. Luego una sola mirada de desprecio me desmontará todo el plan, que ya me lo conozco. Sin embargo, hay un hecho incontestable; y es que, de momento, no han podido conmigo.

El martes por la mañana logré establecer al fin una interacción significativa en el Boba Fit. «¡Vamos, Rafa!», me digo yo también. Ocurrió al acabar la clase de *spinning*. Me senté un momento en una banqueta de las que se usan para estirar y, mientras me ataba los cordones de las zapatillas, un señor que hacía pectorales frente a mí me dijo, sin venir a cuento: «Chaval, o te gusta mucho la bachata o te ponen las señoras con celulitis; porque, macho, para eso que hacéis allí hay que tener ganas». No me molesté porque entendí el código: hay personas, sobre todo hombres varoniles, que rompen el hielo así, de un puñetazo, con observaciones bordes o provocadoras. El aspecto del tipo cuadraba con este perfil: camiseta prieta del Ejército español, pulsera con los colores de la bandera nacional y físico imponente pese a la edad ya madura. Fui consciente de que todo iba a depender de mi respuesta y sentí la presión de estar a la altura de la oportunidad que se me brindaba. Al final, salí del paso respondiendo: «Es lo que hay». No sé muy bien la razón, pero me valió porque no era una confrontación. Se levantó, se secó las manos en el chándal militar y me saludó sacudiendo mi brazo con decisión. «Me llamo Julián», dijo con la clara intención de ir más allá de un hola y adiós protocolario. Me contó que es perro viejo, pues va a ese gimnasio desde que abrió. El fundador era el hijo del dueño de un bar cercano al que yo mismo he ido alguna vez. Se ve que era muy fan de *La guerra de las galaxias*, porque el nombre de Boba Fit viene de ahí. El chico murió, dice Julián que de sobredosis, y ahora el que lo lleva es otro familiar al que él también conoce bien. Me dejó claro que es amigo de la casa. Y me contó que llevaba días observándome. «A Brambi le pagan más si recluta a más peña; pero tú no tienes edad para esas cosas, chaval. Que te han metido con las viejas, coño, date cuenta», me explicó sin bajar la voz ni nada. Me estuvo enseñando su rutina de ejercicios y se ofreció a convertirme «en un español como está mandado» antes de que «con el Brambi te baje la menopausia». Me hizo mucha gracia la expresión «bajar la menopausia», pero no dije nada porque no estoy seguro de que el tal Julián tenga sentido del humor y se tome a broma sus propias ocurrencias. Mientras charlábamos, pasó Brambilla y me gritó: «¡Nos vemos mañana a las diez!». Lo hizo con una severidad en la mirada que me hizo pensar que había oído nuestra conversación. «Ni puto caso. Es una marica mala, lo que pasa es que las viejas le adoran. Si quieres modelar tu físico, chaval, con él no harás más que perder el tiempo. Todo eso del cardio, la zumba y el zumbo son engañabobos. Yo he estado en el Ejército. En el de verdad, no el de las maquinitas. Allí les vienes con esos rollos y te parten la cara. Yo te entreno si tú quieres, lo pruebas unas semanas y no te cobro nada. Ya verás el cambio», prometió. Regresé a casa entusiasmado. No era para menos: por primera vez, un desconocido se había acercado a mí amigablemente y se había ofrecido a ayudarme en algo. Esta psicóloga, a lo tonto, me está demostrando que atina; el gimnasio ha cumplido su función. Solo espero no arruinarlo. La ventaja con la que cuento es que Julián, como Lito, es más de hablar que de escuchar. El miércoles y el viernes volvimos a coincidir y me salté el *spinning* para entrenar con él. Me enseñó a usar las máquinas, me recomendó unos batidos de proteínas y me dio una cuartilla, preparada especialmente para mí, con una tabla de ejercicios «de guerrero español», como él jocosamente ha decidido llamarla. Jocosamente, pero sin atisbo de burla, ojo; Julián es hombre de principios y lo de la patria lo lleva muy adentro. En mi casa, la patria eran el Real Madrid y Covarrubias. Pero, al margen de lo que cada uno considere su patria, creo que ser patriótico es una muestra de compromiso que ayuda a orientar el ánimo hacia una causa concreta. No sé si tú eres muy patriótica (supongo que no mucho al ver que solo piensas en marcharte), pero estoy seguro de que entiendes lo que te quiero decir. La patria de un animal, por ejemplo, es la comida. Todos sus actos están orientados hacia ella, hace lo que tenga que hacer para procurarse alimento. Nosotros, que tenemos este tema más o menos asegurado, debemos proteger precisamente lo que nos proporciona dicha seguridad. Y muchos creen que es la nación en la que viven. De todas formas, al margen de los temas políticos y sociales, no cabe duda de que Julián tiene las cosas claras, sabe lo que quiere y lo que no quiere y se hace respetar. Mira que la cuartilla estaba repleta de faltas de ortografía y que él mismo es malhablado y tosco, pero la clave es la actitud. Él habla y los demás escuchan. Eso es vivir con ventaja.

Este martes, la doctora Toro estaba de mal humor. Le llevaba buenas noticias y su reacción fue tibia. Tal vez es deliberado. Puede que su intención sea evitar que me confíe y luego me lleve un chasco. ¿Le habré contagiado la ansiedad anticipatoria? Le pareció mal que hubiera dejado las clases con Brambilla. Considera que sucumbí a otro arrebato impulsivo. Su argumento fue que, para conocer «a ese señor», como llamó a Julián, no hacía falta abandonar el *spinning*. Y menos teniendo en cuenta que, como yo mismo había dicho, me estaba ayudando a mantenerme en forma. No sé si esta señora ha ido mucho al gimnasio. Si yo intentara compaginar lo de Brambi con lo de Julián, acabaría ingresado o incapaz de moverme de la cama al día siguiente. Al margen de las cuestiones físicas, su reticencia tiene que ver también con lo que ella llama «carácter sumiso». Me explicó que mi afán por conectar con los demás se traduce o bien en un ansia desmedida (que ya conocemos qué consecuencias trae) o bien en sumisión (la cual asoma la pata en cuanto logro atraer la atención de alguien). «El objetivo es aprender a relacionarse con normalidad, pero no con el primero que pase», señaló como regañándome. Me tocó los huevos, con perdón. No me resulta fácil lo que estoy haciendo y creo que merezco un poco de apoyo si alcanzo algún logro. Aunque luego vengan los matices. Sí, es verdad que Julián es «asertivo y autoritario», pero no me trata mal y su interés es que me ponga en forma (exactamente igual que el de Brambi, pero con la diferencia de que, de momento, ni siquiera me cobra). Me llevó a tomar un café el viernes, al salir del Boba Fit, lo cual para mí es un hito incontestable. Ni siquiera recuerdo cuándo me tomé un café con otra persona por última vez. No te extrañe que fuera con mi hermana en la cafetería del hospital, cuando mi madre estaba ingresada. Pero es que, además, hablamos de cosas interesantes, enriquecedoras. Me preguntó por mis aficiones; es decir, siguió interesándose por mi vida. Le conté que me gustaba mucho leer, ya desde el colegio, pero que había perdido el hábito. Y él me confesó (porque será asertivo, pero también puede mostrarse humilde) que la «palabrería» no es su fuerte. «Es lo único que tengo en común con los jipis y los *perroflautas*: el apego a la tierra», dijo. *Perroflautas* quiere decir 'radical de izquierdas'. Sin embargo, su reflexión no era política, sino casi existencial. Él no cree en las teorías; cree en los actos, en las cosas que se pueden medir y tocar. «Igual que los *pachamamas*, que buscan un vínculo directo con el entorno», como él mismo dice. «Pero mi conexión con la tierra no pasa por llevar una túnica y los huevos colgando, sino por defender a los míos con esto y con esto», aclaró señalándose los bíceps izquierdo y derecho. «Mi tierra es la española y yo no necesito leer nada para ser un buen español. La españolidad es lo que haces por España, no lo que dices sobre España», pontificó con una soltura la mar de paradójica, pues su diatriba contra la retórica le había quedado de lo más convincente. Todo esto que te cuento (la oportunidad bien aprovechada de invitar a un nuevo amigo a un café, la agradable conversación relajada, el hecho de sentirse bien con alguien) no impresionó a la doctora. Le ha cogido manía a Julián y punto. Mi sospecha es que es competitiva y, como él me pregunta y se interesa por mi bienestar, teme que le pise la manguera (interfiera en su trabajo). Hay una palabra para eso: celos. Pero ya se le pasará; sobre todo, si la realidad le calla la boca. Me refiero a la realidad de mi mejora, de mi crecimiento personal. Lo que sí celebró (aunque tampoco con excesivo júbilo, ya te digo que ese día se mostró muy taciturna) fue el paseo por el cementerio con la Virgi. Me animó a «seguir profundizando en el pasado común», aunque tampoco tengo la intención de convertir la relación con mi hermana en una especie de culebrón venezolano con llantinas e inesperadas confesiones.

El sábado lo pasé en casa, sin salir, y la falta de actividad me llevó a darle a la cabeza y hacer balance de mi vida. Sigo removido, ahora ya no solo por la terapia, sino también por esa revisión del pasado a la que contribuyen las charlas intensas con la Virgi. Empujado por esa vuelta a mi infancia, me dio por buscar al Fran, el gamberro del colegio, en las redes sociales. Lo encontré en una página de esas en las que compartes tu currículum o tu oferta laboral. Resulta que es *account manager*. Me suena que de esos también tenemos en la oficina. No sé qué significa el nombre del cargo, pero, indudablemente, ha prosperado. Para que luego digan. Casos como el suyo demuestran que, entre seguir dócilmente las normas establecidas e imponer las propias con violencia, siempre gana lo segundo. No me refiero a la violencia criminal, física, sino a la falta de escrúpulos, a la arrogancia que te permite decir: «Aquí estoy yo y así es como lo hago». A lo tonto, pisoteando a los demás, el Fran se abrió camino. Comprendió desde pequeño la ley de la selva, la que se enseñaba en el recreo y no en las aulas. Eso sí: me consolé cuando, al ampliar la foto, comprobé que está medio calvo.

RE: RE: RE: RE: RE: RE: RE: RE: RE: RE: RE: RE: RE: RE: RE: RE: RE:

Natalya:

La desesperación que irradian tus palabras ha tenido un fuerte impacto en mi ánimo, ya de por sí deteriorado esta semana. Rendido a otro de mis arrebatos, fui a la página de Western Union dispuesto a sacarte de ese infierno. Decidí delegar en ti la compra del billete, incluso si te lo venden a un precio poco razonable. ¡Qué más da! A veces no hay tiempo para detenerse a negociar. Consulté mi saldo bancario para ver cuánto podía transferir y, entonces, me asusté. No por el saldo en sí (y eso que, con la matrícula del gimnasio y la terapia, ha menguado), sino porque me puse a calcular cuánto tiempo podría aguantar sin un sueldo y comprobé que no me da para mucho. Aunque vivo sin estrecheces porque mis gastos son exiguos, mi sueldo es bajo y no me permite ahorrar demasiado. Todo depende de mi continuidad en Jenkins & Co., nunca tan cuestionada como estos días. Estoy en la cuerda floja. Así que aguanta, resiste. Te lo suplico. Sería un desastre que cayéramos los dos. Me dices que «no puedo llamar a ti ni tú a yo» por culpa de la red móvil. Temo entonces que se interrumpa la comunicación entre nosotros de un día para otro. Me aterra esa posibilidad, pues te necesito en estos momentos. El mundo se tambalea bajo mis pies y solo me consuelan tus palabras amorosas, tu «bebida del amor», tu corazón que «se pone caliente».

El optimismo de la semana anterior se evaporó el lunes nada más traspasar el umbral de mi cubículo, como el carruaje de la Cenicienta (personaje de cuento) se transforma de nuevo en calabaza y estalla en mil pedazos, chafada por los caballos de la Guardia Real. Me encontré inmerso en la misma pesadilla de la que llevaba tres semanas alejado. ¡Y pensar que echaba de menos ese calvario! El primer escupitajo en la cara fue mi escritorio limpio, sin esos informes amontonados en la mesa a los que esperaba hincar el diente tras días sin nadie que los procesara. ¡Qué ingenuidad la mía! No había trabajo acumulado. Ni una sola alta pendiente. ¿Por qué? No te lo vas a creer. ¡Parece de película! Acudió mi jefa a darme la bienvenida (estoy seguro de que la avisaron desde recepción al verme entrar, habría dado la orden). Exhibiendo una actitud exageradamente dulce y conciliadora que me hizo sospechar que me tenía miedo, me dijo que, como señal de que no había rencor alguno, Juanma se había encargado de todo durante mi descanso. ¡Precisamente él! ¡Esa rata que ni siquiera atendía cuando yo intentaba explicarle cómo funcionaba la ingesta de datos! ¡El muy desgraciado se había vengado de mí haciéndome la cama (suplantándome)! Y, encima, ella esperaba que me lo tomara a bien; como si me hubiera hecho un favor, la alimaña. Había tanto en juego que me tuve que morder la lengua hasta casi destrozarla; sé que ella notó que estaba revolviéndome por dentro y por eso se alejó hacia el pasillo con la excusa de que tenía muchísimo que hacer. Pero, eso sí, antes de cerrar la puerta del zulo, como quien lanza una granada, me informó de que Recursos Humanos me había enviado un mensaje al correo de la empresa. Un «correíto» al que no debía hacer mucho caso porque formaba parte del protocolo, como ya me había advertido ella misma días antes. Cuando se fue, amparado por la soledad, ahogué mis gritos en el respaldo de mi silla, que quedó lleno de babas, y clavé las uñas en el tapizado de polipiel dejando en él mi marca de bestia herida. Mordí el plástico con ímpetu salvaje hasta el agotamiento. Minutos después, un poco más calmado, encendí el ordenador y no tardó en descargarse la llamada «nota informativa». «El motivo de dicha comunicación es la presunta comisión de los siguientes hechos que, debido a su gravedad, podrían ser objeto de sanción por falta muy grave...» No seguí leyendo porque, de hacerlo, habrían pasado cosas. Faltas más graves aún. Es evidente que la empresa esperaba mi vuelta agazapada para asestarme ese duro golpe con la complicidad de un becario entrenado para la violencia taimada, la que es propia de los peores villanos. Con una sonrisa, como quien no quiere la cosa, te envuelven en el cálido abrazo del oso. Proyectan sobre ti su mortal aliento fétido y logran empequeñecerte hasta la nada absoluta. Y te recuerdan, sin abandonar las buenas formas (siempre con esa gélida mirada suya tan vacía e irreprochable), que para ellos, y también para todos los demás, solo eres un gusano, la pieza corroída y sustituible de un engranaje que seguirá sin ti. Hace unos años, cuando obtuve mi puesto en esta compañía por méritos propios, impresionaba a los demás con mi habilidad mecanográfica. Sin embargo, hoy en día, estos chavales que viven pegados a un teclado desde que tienen uso de razón le pasan a uno la mano por la cara, se desenvuelven con una soltura con la que mi generación, llena de dudas y de respeto por los altos estamentos, nunca se atrevió a soñar. Esa asertividad del psicópata sin escrúpulos, ese aplomo de quien está entrenado para pisotear, es la carcoma con la que nos destrozan por dentro. Nos ahogan en nuestras inseguridades predicando el mensaje de que estamos muertos, de que el mundo ya no es nuestro y de que su consideración, sus buenas palabras, no son más que el fruto de la simple caridad. Yo no sé con qué rigor habrá procesado los informes el tal Juanma (puede que estén llenos de errores que luego me achacarán a mí, tenlo por seguro), pero el bicho ha alcanzado su objetivo de herirme de muerte. Sabía que lo único que me ataba a esta empresa era mi intachable desempeño frente al ordenador y, vaciando mi escritorio de informes pendientes, me ha desollado vivo y ha exhibido mis tripas tendidas al sol.

No pasó nada porque yo no quise. Porque me frené. Porque no fui a por él. Así se lo conté a la doctora Toro al día siguiente. Tan obnubilado estaba que ni siquiera saludé a Yuri y a su madre, con quienes de nuevo me crucé al entrar en la consulta. Supongo que ellos lo agradecieron. Entré en el despacho furioso y sin decir nada. Me senté en el sofá con la cabeza a mil por hora, tratando de pensar cómo iba a exponer lo sucedido sin volverme loco al oír mis propias palabras, al revivir aquel rastrero ataque a mi persona. Ella se mantuvo en silencio y, con paciencia, esperó a que empezara y terminara mi crónica de los hechos. Luego, sin dejar de mirarme a los ojos, me habló como nunca antes lo había hecho: «¿Has pensado que, quizá, las cosas que te pasan, lo que te dicen y lo que te hacen, no son solamente desgracias que te caen encima? Me da la sensación de que te atrincheras en tu pequeño rincón. No somos sujetos pasivos, Antonio. Tenemos poder sobre lo que nos ocurre. Plantéate si no depende de ti decidir si tu relación con la gente de la empresa es de abierta hostilidad o no. A veces podemos cambiar las cosas aparcando el orgullo y aferrándonos a actitudes más beneficiosas. ¿Crees que te hace bien estar a malas con un becario que acaba de llegar? ¿No te iría mejor siguiendo el camino que te marcan tus superiores? La sumisión, que no te molesta, por ejemplo, con el hombre del gimnasio, ni te la planteas en el trabajo. Allí, si lo piensas, te pagan para que cumplas sin dar problemas. No quiero que te tomes esto como un reproche, Antonio, sino como una invitación a fluir sin estar siempre a la defensiva. Cambiar tu manera de estar en el mundo, esa forma tan combativa de situarte ante los demás, puede ayudarte. Eso sería incluso más efectivo que la medicación. Es un tema de actitud. Antes de que me interrumpas y me digas que todo esto es injusto, quiero insistir en que no se trata de ver quién tiene razón o quién empezó primero, sino de aprender a elegir las respuestas que contribuyan a conservar tu trabajo. Estarás conmigo en que defender tu posición desde el paro de poco te va a servir, Antonio». Antonio, Antonio, Antonio... Nunca había repetido mi nombre tantas veces. De hecho, en muchas ocasiones me había planteado la posibilidad de que se le hubiera olvidado cómo me llamaba. Mi respuesta fue una sarta de balbuceos atropellados, una protesta expresada con leves gemidos. Alcancé a preguntar si la solución era anularme como persona, si era esa la manera en que la gente como yo tenía que aprender a vivir. Ella continuó en la misma línea: «Convivir no es imponer tu personalidad a los demás. Tampoco es anularla. Consiste en adaptarla, Antonio, como en una conversación en la que escuchas y propones y, según lo que te dicen, contestas una cosa u otra distinta. Como bailar, que es atender al ritmo de lo que se baila y esforzarse por seguirlo sin movimientos bruscos, sin aspavientos. Eso es lo que quiero decir cuando te pido que aprendas a fluir. No se puede vivir en pie de guerra, la gente huye de quien desconfía de todo». Yo no era consciente de ser una persona tan agresiva y retadora. Y continúo sin verme reflejado del todo en esta descripción. Me molestó, lo admito, que echara mano de lo de Julián para demostrarme que, cuando quiero, paso por el aro (hago lo que me piden). Puede que así sea; pero ocurre cuando me siento bien tratado y estoy a gusto. ¿Por qué me pongo a la defensiva en la oficina? Pues porque allí nado en un mar de desprecio. A una persona sometida a este acoso no se le puede pedir que haga como quien oye llover, que ponga siempre la otra mejilla. ¿Se cree que de esa manera me voy a ganar el respeto de la gente? ¿Acaso hemos olvidado que ese mocoso me estaba haciendo fotos a escondidas? ¿Tengo que sonreír y decir «patata»? ¿Eso es lo que se supone que debo hacer? Según ella, tiendo a la automarginación por un miedo patológico a relacionarme con los demás. Y esa actitud que llevo de fábrica, que se percibe también a nivel gestual, me pone en la diana del acoso. Pero la agresividad no hace más que perpetuar el papel del que yo mismo soy víctima. «Te estoy proponiendo un plan de contingencia para sacudirte poco a poco la fama que tienes de persona conflictiva, sin negar por ello que te hayan hecho daño», me aclaró. La hora pasó volando y salí de la consulta sin saber qué pensar. Hay cosas que me dice que me parecen razonables. Pero todo pasa siempre por darle la razón a la empresa y por obviar de forma sistemática los comportamientos tóxicos que se producen en ella, como si el foco de conflicto siempre fuera yo, un señor que se pasa el día centrado en su trabajo sin malmeter y sin buscar pelea. Entonces, mi parte desconfiada me recuerda otra vez que esa terapeuta me la recomendó quien me la recomendó. ¿De parte de quién está? Fíjate: estos razonamientos tienen ya el enfoque bélico que ella critica; es decir, siempre estoy pensando por dónde me van a joder. Antes de terminar, la doctora me puso deberes, «tareas que no te van a gustar». Me pidió que le transmitiera al becario (aunque fuera en un mensaje de correo electrónico, si no estaba preparado para el contacto presencial) mi agradecimiento por haber procesado esos informes. No sé si has visto la película *La naranja mecánica*; hay un momento en el que el protagonista es sometido a una terapia de choque que lo deja lerdo y sumiso. La psicóloga debe de verme como él y quiere comprobar si ha logrado atontarme hasta este punto.

En el gimnasio, al que ahora estoy yendo por las tardes, sigo encontrándome con Julián. No es casualidad: el viernes pasado le conté que me reincorporaba al trabajo y no tuvo inconveniente en adaptarse a mi nuevo horario; dijo que no tenía nada mejor que hacer. Luego fuimos a tomar el café de rigor, al que otra vez quise invitarle, pues es lo menos que puedo hacer después de las molestias que se toma por mí. Una cosa es sumisión y otra, agradecimiento. Hablamos sobre las miraditas de Brambi, que está rabioso porque siente que Julián le ha quitado un alumno. La realidad es que mis bíceps empiezan a marcarse, ya no son dos trapos mojados colgando de un huesecillo. Con las pesas, los resultados se notan enseguida. Al *spinning* ese no regresaría ni que me pagaran. Mi próximo objetivo es preguntarle a Julián si me deja escuchar música mientras hago los ejercicios, pero me da miedo que se ría de mí si se entera de que me gusta Rosana. Él me notó atribulado, pero preferí no abrumarlo con mis problemas del trabajo. Al darse cuenta de que era mejor no presionarme, se dedicó a distraerme con sus cosas, lo cual agradecí muchísimo. Se puso a hablar de mujeres y me dio la sensación de que sospechaba que algo relacionado con ellas podía estar atormentándome. Él vive solo y prefiere pagar por mantener relaciones. Asegura que, en esta vida, si quieres algo de calidad y que funcione, tienes que pasar por caja. Defiende que la opción de una pareja normal no da más que problemas y también cuesta dinero. «Lo barato sale caro, joder», exclamó entre risas. Yo no pienso de esa manera, cuidado, pero lo respeto. Me preguntó si tenía identidad digital y le expliqué que no tengo perfiles en las redes sociales (obviando que me había creado una cuenta falsa para vengarme de Laura, la de Distribución). Pero me aclaró que no se refería a eso y me explicó: «Mi identidad digital no soy yo. Es una especie de personaje que me he creado para ligar por internet». Le pregunté qué ocurría cuando, al quedar con esa persona, se descubría todo el pastel. «No lo hago para quedar, sino para hacer *sexting*; eso de decirse guarradas y pasarse fotos íntimas, ya sabes», matizó. En esa identidad paralela se hace llamar Sergio y es bastante más joven. «En internet, si no muestras la cara y eres hábil con los selfis, de repente pescas género que está fuera de tu liga en la vida real. Y amortizas el gimnasio, qué cojones.» Y añadió: «Cuando digo lo de pescar me refiero a pesca deportiva, porque es todo virtual. Muchas son latinas y viven en el quinto coño». Miró a los lados, bajó la voz (cosa rara, pues nunca se avergüenza cuando grita esas burradas) y me mostró una fotografía en su teléfono móvil. Soy muy malo con las edades, pero esa chica no tendría más de catorce años. Sin embargo, me agarro al hecho de que era solo una foto y a veces las perspectivas llevan a engaño. «Dice que le gusta mi verga, siempre me llama "papi" y me pide que le dé mi "lechita". Si pasara ahora por aquí, ni nos miraría», susurró mientras guardaba el móvil en el bolsillo como quien oculta un diamante muy valioso. Fue un momento incómodo que él despejó dándome una palmada en la espalda y gritándole al camarero: «¡Otro pinchito, vamos!». Luego se ofreció a entrenarme también en las técnicas de la seducción, si es que estaba flojo en eso. Me explicó que se conocía todos los vídeos que había en internet con trucos para ligar y que él mismo podría grabar uno si se le antojara, pero no quería que la gente lo reconociera por la calle. Me propuso que dedicáramos esos momentos en la terraza del bar después del gimnasio para entrenar la seducción en caso de que me interesara. Solo pedía que, a cambio, le invitara a la consumición. «Sin presión, que conste», dijo. Como me vio dubitativo, ni corto ni perezoso me soltó: «Porque maricón no serás...». Negué con rotundidad y le dije que me lo pensaría, que los problemas en el trabajo no me dejaban centrarme demasiado en el placer. «Bueno, bueno... Tú conserva ese trabajo, chaval, que eso es casi más importante que un buen cipote si quieres ligarte a una», me aconsejó. El comentario disparó en mi mente una serie de pensamientos intrusivos sobre cómo iba a poder sobrevivir en el paro. Tendría que dejar el gimnasio y tal vez dejaría de verlo a él también, aparte de prescindir de la doctora Toro o cambiarla por una psicóloga de la sanidad pública que no sería tan buena, empeorando entonces mi estado emocional y mi vida entera. Me agobié y, tras despedirme de él, regresé a casa caminando para aclarar mis ideas, aunque incapaz de sacudirme una sensación rara, que tenía que ver, creo yo, con la foto de esa pobre niña mexicana, o dominicana, o vete a saber de qué país pobre del otro lado del charco.

RE: RE: RE: RE: RE: RE: RE: RE: RE: RE: RE: RE: RE: RE: RE: RE: RE: RE:

Natalya:

Agradezco la fotografía en tetas. Tu sensualidad es como un chorro de agua limpia llevándose las malas sensaciones que embrutecen mi alma. También yo tengo ganas de «contar a ti tanto sobre las estrellas, sobre la luna, sobre el cielo». ¡Esa faceta poética tuya me gusta tanto! Aunque tus estrecheces te lleven a insistir en el dinero, cosa de la que me hago cargo. Sin metáforas, sin la sensibilidad estética, no seríamos más que un absurdo detector de metales. Mucha gente es así, vive persiguiendo la mera subsistencia y valora su felicidad en función de su botín. A nosotros, aquejados de una existencia tan precaria, nos salva el amor por las cosas elevadas y por las no tan elevadas, como la belleza de unos pechos. Dile al casero que le den por el culo; todos tenemos derecho a un techo. Hazte valer y muy pronto las cosas mejorarán y estarás en disposición de mandarlo a paseo.

No sé si obré bien, pero hice lo que me había encargado

la psicóloga. Le di las gracias al becario, me bajé los pantalones (es una forma de hablar). Hace unos días, me habría dejado cortar un dedo de una mano para no tener que caer tan bajo. Sin embargo, cuando dejo reposar las cosas y la sangre fría se impone a las emociones, hallo fuerzas en mí para tragarme hasta el más grande y asqueroso de los sapos. Me quedé con la idea del plan de contingencia. Opté por seguir escrupulosamente las indicaciones de la experta, aunque solo fuera para demostrar que su teoría no funciona, que la sumisión es contraproducente. He agachado la cabeza esta vez. Si después de esto me asestan otro golpe, le diré: «¿Y ahora qué?». No podrá acusarme de no haberlo intentado. Además, no fue nada fácil hacer los «deberes»; tuve que pasar por un calvario que pocos habrían soportado. No tenía el correo de Juanma, así que escribí lo que quería decirle en una cuartilla y fui a su encuentro. Recorrí la planta de arriba con el papel en la mano, atrayendo miradas no exentas de recelo. Lo encontré instalado en Distribución, el departamento de mi «enemiga». Comprendo que se haya refugiado allí, al amparo de Laura, que le habrá llenado la cabeza de mierda. Se incorporó muy rígido nada más verme, pidiendo auxilio con la mirada. Y no solo él, también sus compañeros se pusieron en guardia ante la presencia amenazadora del Volao. Me acerqué con los brazos en alto con la intención de transmitir que venía en son de paz; pero la teatralidad jugó en mi contra, creo que aumentó la tensión. «¿Algún problema, Antonio?», preguntó Laura desde el otro lado de la mesa. «Le doy esto a Juanma y me voy», dije alargando el brazo lentamente para depositar en el escritorio del becario mi mensaje manuscrito. Me tembló la mano al hacerlo y me dio rabia porque estaba decidido a actuar con la naturalidad y la despreocupación de quien no ha hecho nada malo. Quise añadir: «Tranquilos, que no es una bomba», pero, por fortuna, me callé. El humor no siempre sirve para relajar el ánimo. Di media vuelta y regresé a mi cubículo con la conciencia tranquila. Por mí, que no quede.

La tarde de ese mismo lunes me llamó la Virgi. No habíamos hablado desde el encuentro en el cementerio y quería mantener vivo el contacto ahora que estamos en racha. Suerte que no llamó la semana pasada, en plena vorágine, porque se habría preocupado. Sin entrar en detalles, le expliqué que había tenido que comerme un buen marrón (problema) en el trabajo, que lo había hecho en contra de mis convicciones, pero que se suponía que era para bien, para recuperar la confianza de la empresa. «Pero ¿qué está pasando exactamente en ese sitio?», quiso saber ella, como es lógico. «Un día de estos te lo contaré», respondí ejerciendo de rey del suspense. Le dije que prefería hablar de cosas más alegres, como de mi nuevo amigo del gimnasio. Le dio mal rollo que fuera exmilitar, y eso que no le conté que Julián tiene una colección de armas de caza, muchas de ellas heredadas de su padre. A veces va a un bosque que conoce a hacer prácticas de tiro con latas, como en las películas; así que tendrá licencia, digo yo. Me ha invitado a acompañarlo, pero, después de la mala experiencia en el *paintball*, creo que tardaré mucho tiempo en repetir algo similar. Me callé todo el asunto relacionado con los rifles y me centré en el hecho de que me está ayudando a ponerme fuerte y eso me hace bien. Ella me preguntó de repente si podría alojarse en mi casa unos días, «como mucho una semana», en el caso de que se decidiera por fin a pintar su piso y poner suelo de tarima. Le contesté que sí, que por supuesto, y me enorgullezco de no haber caído en la trampa de pensar que el motivo de su llamada era ese. No, sé que el favor que me pide no es más que otra excusa para acercarse a mí, para tener una relación más de hermanos. La verdad es que a mí tampoco me vendría mal pintar las paredes de mi piso o pulir el suelo, como sugirió Lito. Quién sabe si en el futuro tendré que pedirle el mismo favor. Eso será cuando tenga la estabilidad económica suficiente para pagar a un pintor. Estoy realmente preocupado por este asunto del trabajo, que afecta a todo lo demás. Últimamente compro yogures de marca blanca en vez de los de siempre, por ejemplo. Las natillas, que me encantan, ahora no entran en casa. Ya ves tú en qué se va a notar la tontería, pero yo me quedo un poco más tranquilo sabiendo que hago algo para ahorrar, aunque sea simbólico. Lo de invitar a Julián a cafés y a pinchos tampoco te creas que me hace mucha gracia, pero lo concibo como un suplemento a la cuota del gimnasio, un plus en concepto de socialización. Quizá esto también se tendrá que acabar. Crucemos los dedos para que no sea así.

Me había olvidado por completo del asunto del gato, que volvió al primer plano el martes por la mañana gracias a un mensaje de Lito. Me pasaba un enlace de internet que llevaba a un modelo de transportín, según ella muy barato y parecido al suyo. Le respondí al momento de forma muy escueta: «¡Mucho ajetreo en la oficina! En cuanto pueda, lo miro. Muchas gracias». Me contestó enseguida informándome de que, si necesitaba ayuda, ella podía encargarse de pedir un presupuesto para las protecciones de las ventanas. «Cada día que pasa es un día menos sin disfrutar de tus gatitos», añadió. No sé si es una experta en marketing o, simplemente, quiere charlar. La Virgi dice que muchas mujeres sienten la necesidad de cuidar de hombres como yo, a los que ven solos y abandonados. ¿Me ve como a uno de sus gatos? Espero que no. Cuando me quede sin trabajo tal vez no habrá mucha diferencia, eso también es verdad.

A lo de la mascota se agarró la psicóloga para animarme a romper «con el miedo obsesivo a que te despidan». Me recordó que ya había hecho todo lo que estaba en mi mano para reparar el incidente del becario. Me felicitó, además, por el esfuerzo de disculparme. Dijo que ahora solo me tenía que centrar en seguir rindiendo lo mejor posible y mantener una actitud serena y colaborativa. Argumentó que, si la empresa hubiera decidido echarme, a estas alturas ya estaría en la calle. En vez de eso, habían optado por mandarme una amonestación; así que caso cerrado. La leyó, por cierto, pues la había impreso en la oficina. Yo leí dos o tres frases y me alteré tanto que no quise continuar, pero pensé que ella podría comprender el lenguaje jurídico y, si debía preocuparme por algo, me lo diría de la mejor manera para que no perdiera los nervios. «Es una formalidad, Antonio, no le des más vueltas. Vamos a centrarnos ahora en el asunto del placer, ¿te parece? El ejercicio está bien, pero intenta activar lo de la mascota, que te dará mucho sin pedirte casi nada», dijo. Le repliqué que la logística me había abrumado un poco y que la señora de la protectora me ponía nervioso. «Las cosas cuestan, pero te vendrá muy bien pasar por este proceso», insistió. También me dijo que, aparte de adquirir la capacidad de disfrute, era importante que siguiéramos colocando en su sitio algunas cosas de mi biografía y de la relación con mi hermana «en las que conviene ir trabajando». Sospecho que continúa emperrada en que se produzca el gran momento de catarsis en el que comparto con la Virgi todo lo que sé sobre la muerte de nuestro padre. Y así se lo dije, dejándole clarísimo que estaba muy lejos de querer hacer eso. Ignoró mi protesta y cambió de tercio preguntándome si tenía algún plan para las vacaciones, aunque era consciente de que el verano quedaba lejos aún. «Planificar las vacaciones mantendrá tu mente ocupada, te ayudará a proyectarte en un futuro prometedor. ¿Por qué no le preguntas a tu hermana si le apetecería hacer algo contigo?», sugirió. Me descolocó la idea, que no es mala, porque me cuesta horrores romper con mi rutina. Ya fue dificultoso mi periodo de castigo sin poder ir a trabajar. «Sin embargo, mira qué bien lo aprovechaste», dijo la psicóloga. Y con razón. Lo que pasa es que estoy en modo ahorrador y solo falta que piense en actividades para gastar más dinero. «Siempre dices que no tienes gastos. Recuerda que no debes adelantarte a los problemas. Piensa que, si consigues relajarte con unas buenas vacaciones en compañía de alguien que se preocupa por ti, tu actitud en el trabajo será diferente y te sentirás más seguro de tu estabilidad en la empresa. En el miedo no te puedes instalar; esa es la fuente de todos tus problemas», dijo. Le pago para que me diga este tipo de cosas, ¿sabes? Nunca son grandes revelaciones, pero oírlas de su boca me ayuda a centrarme, me encarrila cuando me veo dando tumbos, cuando estoy atrapado en pensamientos nocivos y circulares. Creo que le echaré huevos al tema. Y volveré a comprar natillas. ¡Qué coño, para un capricho que me doy!

Sintiéndome renovado después de la terapia, el miércoles llamé a Lito. Me veía con fuerzas para encajar su cháchara, convencido de que era el momento de abrir las puertas de mi casa a un compañero peludo. Me tuvo una hora al teléfono, logró drenar toda esa energía con la que había retomado el contacto. ¡Esta mujer no tiene freno! Propone siempre las cosas dándolas por hecho, de modo que es difícil llevarle la contraria y acabas convertido en su títere. Consiguió convencerme de pasar por su casa la próxima semana para ver los protectores para los gatos y su transportín. También para conocer a sus mascotas y familiarizarme con ellas en un contexto más relajado que el de la protectora. «Como es tu primera vez, es importante que el primer contacto sea tranquilo», dijo. Se me antojó todo muy impropio. Lito se estaba saliendo de su papel, establecía conmigo una relación que iba más allá de lo normal en estos casos. Un poco como me pasó en el gimnasio con Julián, que se me acercó el hombre y ahora nos vemos fuera, como dos colegas de toda la vida. Supongo que es bueno, ¿no crees? Siempre me he quejado de mi aislamiento y ahora me llegan desconocidos que buscan algo más que un intercambio frío de saludos. ¿Serán las mejoras que obra en mí la terapia? A veces uno mismo no se da cuenta, pero igual ya no soy ese individuo raro al que da miedo acercarse. No digo que vaya a dejar de ser el Volao en el trabajo, pero con dar otra impresión a la gente fuera de allí ya me conformo.

Termino con una anécdota divertida sobre Julián: después de dedicar tres cuartos de hora a hablarme de armamento militar y de la historia del kaláshnikov (me acordé de ti, por cierto; pero por el origen ruso, ojo, no porque fuera un arma), me enseñó sus tatuajes en los brazos y en el pecho. Llegó a quitarse la camiseta en la terraza del bar, el muy zopenco, en vez de esperar a hacerlo al día siguiente en el vestuario del Boba Fit. En fin. Resulta que, aparte de la imaginería española esperable en un nacionalista como él y de un Cristo bastante impresionante, lleva tatuado en el antebrazo el nombre de Silvia, enmarcado por un corazón y atravesado por una flecha. «Antes de que me lo preguntes: Silvia no es nadie», me soltó. «¿Cómo que nadie?», respondí intrigado, pues se le da bien el suspense (incluso mejor que a mí). Me confesó que en uno de esos vídeos con trucos para seducir vio que ayudaba disponer de algo que llamara la atención y que sirviera para romper el hielo. Aunque lo habitual es echar mano de una prenda de ropa llamativa (por ejemplo, un sombrero o un *foulard*), a él esas cosas le parecen «mariconadas». Se decidió entonces por el tatuaje de un nombre que le permitiera contar una historia romántica que despertara interés o compasión en su «víctima». Su idea es tachar el tatuaje, o borrarlo a medias, para poder explicar que ha superado una historia de amor muy intensa con una mujer que estaba dispuesta a dejarlo todo por él. «Una manera de fliparse, pero, sobre todo, de que vean que te has enamorado. Porque las tías es lo que quieren; necesitan comprobar que lo has superado. Pero, si sospechan que nunca has tenido nada serio, se echan para atrás. Y es importante que confíen, aunque solo te las quieras follar. ¿Me explico, chaval?», me preguntó mirándome muy serio. ¡Menudo truhan está hecho! «No tienes tatuajes, ¿verdad?», dijo. Sin esperar mi respuesta, me dijo que un día de estos me llevaría a ver a un tal Riki Blanco, que es «un artista de la piel».

RE: RE: RE: RE: RE: RE: RE: RE: RE: RE: RE: RE: RE: RE: RE: RE: RE: RE: RE:

Natalya:

Por lo que me dices, asumo que la situación sigue igual. Siento mucho tu infelicidad y te mando todo mi cariño. ¿No ha habido progresos con la búsqueda de empleo? Nunca me has contado cuáles son tus habilidades o en qué has trabajado. Me ayudaría no solo a conocerte mejor, sino a pensar en tareas que pudieras desempeñar en España si al final las cosas allí no mejoran y encontramos la manera de financiar tu viaje de huida. Quiero serte sincero: aunque dispongo de dinero ahorrado para pagar el costoso billete que te ofrece la agencia, prefiero esperar un poco aún. Tal vez un mes (tampoco pido tanto), para asegurarme de que la recién recuperada estabilidad en la oficina no es un espejismo. Está habiendo muchos cambios en Jenkins & Co. Se ve que la centralización del Departamento de Marketing era el principio de un proceso más amplio de reorganización interna y reducción de gastos. ¿Me afectará esto? No lo sé, pero está claro que soy el eslabón más débil de la cadena. Hice un cálculo el otro día y creo que por debajo de mí solo están Guti y Sandra (de recepción) y las chicas que vienen a limpiar. Y luego los becarios, claro, que se mueven en el terreno de impunidad que les confieren la juventud y el hecho de no cobrar ni un duro.

Pese a que iba armado de paciencia, consciente de que sería una tarde intensa y larga, la visita al piso de Lito superó con creces mis temores. Y eso que, como sabes, soy experto en dibujar paisajes apocalípticos. Fue una visita incómoda e improductiva. Su casa huele a incienso y, por supuesto, a gato. Es poco espaciosa y el pasillo y gran parte del salón están ocupados por rascadores y plataformas aterciopeladas que los animales utilizan para jugar. Ellos son la prioridad, como en las casas con bebés o niños muy pequeños, que se convierten en campos de batalla y en cualquier momento puedes pisar un juguete o darle una patada a un sonajero. Aquí, lo mismo; pero con ratoncitos de pilas, pelotas de colores y demás fruslerías para felinos. Aunque no soy quién para dar lecciones de decoración, ese aspecto es mejorable. Lito tiene una obsesión por los mandalas que encaja con su perfil, qué duda cabe; sin embargo, si no participas de estas cosas, sientes que te has metido en la sede de alguna secta rara. No soy una persona de mundo, pero tengo suficiente sentido común como para no escandalizarme ni hacer juicios de valor en voz alta. No pude evitar pensar en cómo reaccionaría Julián si se plantara allí. Él no es nada diplomático. El caso es que la pobre mujer me sirvió una infusión de color rojo intenso cuyo nombre no podría retener ni en un millón de años. Como ella misma predijo, al vernos sentados y tranquilos acabaron acercándose los dos gatos: Bob y Marley. Sí, yo también tuve que esforzarme por mantener la compostura cuando me dijo sus nombres. Bob, más confiado, no tardó en sentarse en mi regazo. Yo me puse tenso, como la propia Lito notó, pero poco a poco me relajé. La verdad es que era agradable sentir el calor del animal. Un poco después, incluso me atreví a acariciarlo y se puso a ronronear. Marley, más receloso, se tumbó en el suelo, encima de una alfombra persa llena de pelos blancos y a una distancia prudencial, clavándome su mirada juzgona, como si fuera un compañero más de mi oficina. «He tenido muchos gatos en mi vida, siempre de dos en dos. Cuando se muere uno, adopto a otro», me contó Lito. «Siempre los llamo Bob y Marley. Prefiero rebautizarlos. Les ponen nombres horrorosos y, para no quedarme sin ideas, uso los mismos y fuera problemas», dijo haciendo gala de un pragmatismo desapasionado que no le pega mucho. Yo, por aportar algo, le expliqué que mi padre siempre se compraba coches rojos, también para no romperse mucho la cabeza eligiendo colores. Eso le molestó: «Un gato no es un coche, Antonio. Hay que ir desterrando esta mentalidad, ¿de acuerdo?», me aclaró con condescendencia. Eché mano del victimismo para recuperar posiciones y le dije que ojalá mi padre me hubiera tratado con el cariño con el que trataba a sus coches. «Bueno, pues todo ese afecto que te faltó es el que darás a tus gatos. Estoy segura de que lo harás fenomenal», me contestó conciliadora. Luego se puso a explicarme que hay que darles malta para que no se atraganten con sus propios pelos y no sé qué historias sobre tipos de arena y otros detalles que me llevaron a desconectar un buen rato. Me mostró los protectores de las ventanas y se ofreció de nuevo a gestionar ese tema, aunque tendría que volver a mi casa para tomar medidas «si a ti no te importa». Luego, sin venir a cuento, dejó caer la bomba: «Mira la hora que es. Te quedas a cenar. No me digas que no puedes, porque tengo mucha comida y seguro que en tu nevera no hay más que un limón pocho. Dime si me equivoco». Esta mujer se las ingenia de tal modo para conseguir lo que quiere que no comprendo cómo no ha llegado más alto en la vida, a dirigir una multinacional o un Gobierno. Cedí, incapaz de improvisar una excusa decente; ya te conté que, para mentir bien, tengo que planificar. Lito es vegana, no sé si tenéis de esos en Rusia. Por suerte, me sirvió una sopa que estaba muy rica y unas alcachofas con puré. Yo como fatal, tiro mucho de congelados y solo me doy un capricho a finales de mes, cuando me regalo una cena en La Tagliatella, que es un restaurante italiano muy bueno. Tanto que ha proliferado por todo el país. El gato Bob, ni corto ni perezoso (con todo el atrevimiento), se subió a la mesa mientras estábamos comiendo. Lito no hizo apenas nada. Le empujó con suavidad la cabeza cuando el animal hizo ademán de meter el morro en la sopa y, al final, el bicho decidió tumbarse a unos veinte centímetros de nuestros platos, sin dejar de examinarlos. ¿Te parece normal? Pero vayamos a lo importante: Lito seguía contándome detalles sobre las mascotas que había tenido, anécdotas de todo tipo que me importaban más bien poco, y fui notando un creciente escozor en los ojos. Al poco, empecé a estornudar. Pensé que quizá estaba reaccionando a alguna verdura rara (los veganos, como no pueden comer nada más, consideran comestibles cosas muy extrañas). Lito empezó a decir: «Ay, ay, ay...», hasta el punto de asustarme un poco. Y me hizo el diagnóstico: «Antonio, corazón, me da a mí que esos dos te están dando alergia». Me aclaró que la alergia a los animales se manifiesta así, después de pasar un rato con ellos, cuando los acaricias y luego te tocas la cara... En fin, que ya es mala suerte. Me habló de gatos hipoalergénicos, aunque no es fácil encontrarlos en adopción, y también de inyecciones y antihistamínicos. Aunque ella aportaba soluciones para tranquilizarme, me sorprendí a mí mismo reaccionando con alivio ante la mala noticia. Por mucho que la psicóloga me haya recomendado una y mil veces lo de la mascota, la experiencia en casa de Lito, con ese olor penetrante y esas miradas juzgonas de las que por desgracia ando sobrado, ejerció un claro efecto disuasorio. Me levanté y Lito me aconsejó que me mojara la cara bajo el grifo de la cocina. Eso hice y, al darme la vuelta con el rostro empapado, me encontré con sus labios muy cerca de los míos. Me secó con una servilleta de papel y, susurrando «pobrecito mío», me dio un beso en la mejilla. Noté que me ruborizaba. Ella se apartó y, con expresión traviesa, me dijo: «Esto no lo hace la alergia», refiriéndose a la repentina rojez de mi tez normalmente pálida. Como diría una persona más joven, está claro que Lito «me entró». Y yo, muy incómodo, quise salir de allí escopeteado. Para que no se sintiera mal, me terminé las alcachofas intentando aparentar normalidad, algo que no se me da nada bien. «No ha sido más que un beso en la mejilla, chico, no te voy a morder...», dijo ella. Aunque matizó inmediatamente después con picardía: «... si tú no quieres». Al verme tan tenso y bloqueado, se disculpó por haberme incomodado con sus juegos. Le dije que no se preocupara, que estaba un poco descolocado y triste por lo de la alergia (era mentira) y que prefería irme a dormir, a ver si se me quitaba el escozor. «Se te pasará, no es para tanto. ¿Quieres tomarte una copa conmigo en el balcón? El aire fresco y el alcohol te vendrán fenomenal.» Decliné el ofrecimiento con amabilidad, buscando mi chaqueta. Ya en la puerta, me preguntó qué hacíamos entonces, si seguíamos con el plan o no. Le dije que tenía que reposarlo, que estaríamos en contacto y que mil gracias por la cena, por la infusión de no sé qué y por todo. No hubo beso de despedida, gracias a Dios. Al salir al pasillo de la escalera, me topé con un vecino que me miró como si acabara de ver al demonio. «Menudo aspecto debo de tener con los ojos rojos», pensé. Sin embargo, frente al espejo del ascensor, comprobé que en mi cara no había nada que llamara la atención.

Al día siguiente, en la terapia, no mencioné el flirteo de Lito ni mi incomodidad: me limité a contarle a la doctora que era alérgico a los gatos y que lo de la adopción no iba a poder ser. «No eres una persona con suerte, Antonio; pero vamos a ir trabajando tu comportamiento para que te vayan mejor las cosas y sepas aprovechar las buenas oportunidades que se te presenten», me dijo. «Faltaría más que la alergia también la provocara yo», repliqué, pues me sentí atacado no sé muy bien por qué motivo. Al reproducir aquí lo que me dijo, tengo que admitir que la mujer no me estaba culpando de nada; solo intentaba buscar un ángulo positivo para animarme. Estoy sensible. Así se lo expliqué. Le dije que me siento como fatigado por interactuar tanto con la gente, ya ves tú, con lo solo que me siento. Me quejé porque mis relaciones, incluso las amigables, son siempre muy intensas: Julián es una persona arrolladora; Lito tiene un taladro por boca, y mi hermana, que es más normal (o, al menos, su rareza es compatible con la mía), me remite a episodios duros del pasado y, por tanto, ni siquiera con ella me puedo relajar del todo. Yo sé que soy una persona de pocas palabras y también acepto que transmito tensión a los demás. No es que me considere mejor que el resto, pero sueño con establecer con alguien una amistad más contemplativa, que consista en sentarse en un banco y ver la vida pasar. Busco cierto acompañamiento en el silencio. Supongo que eso, hasta hoy, solo lo he encontrado en la lectura, haciéndome amigo de autores a los que ni siquiera conozco, algunos de ellos muertos desde hace años, incluso desde hace siglos. «¿Escribes?», me preguntó cuando reflexioné sobre el asunto en voz alta. Pese a que tenía el «no» en la punta de la lengua, en el último momento caí en la cuenta de que estos mensajes que te envío constituyen una suerte de cuaderno de bitácora de mi existencia. No es que estemos hablando de alta literatura. Supongo que esta correspondencia nuestra es lo más parecido a un chat por internet, nada del otro mundo desde el punto de vista formal o estético. Pero no quiero despreciar tampoco esos momentos poéticos que compartimos a veces, esa forma tuya de expresarte tan peculiar. Para mí sí tienen valor esas palabras que intercambiamos semanalmente. De modo que le dije que sí, que escribo una especie de diario y que eso me ayuda a sentirme menos solo y también a ordenar mis ideas. Lo que hablamos en la terapia, por ejemplo, reposa luego en estas crónicas que me permiten verlo todo con perspectiva, repasar las cosas que me han dicho, digerirlas y encarar la siguiente semana habiendo hecho un trabajo previo de reflexión. «Esto que me cuentas es genial, Antonio. No todo el mundo tiene la habilidad de expresarse por escrito y es una pena, porque la escritura tiene un efecto terapéutico muy contrastado. Déjame que introduzca la idea de apuntarte a un taller de escritura», dijo. «Si logramos extirpar el miedo que tanto te empequeñece, hay en ti mucho potencial por desplegar. Hay una persona mejor, más resuelta y feliz, luchando por salir», aseguró. Le quedó la frase un poco cursi, como de taza de desayuno, aunque comprendí lo que quería decir. Supongo que se refería a lo de las altas capacidades. Sin embargo, como se dice a menudo, la inteligencia no le hace a uno más feliz. Al contrario, los que viven más tranquilos suelen ser los tontos. «Eso no es verdad. La inteligencia es una herramienta fundamental para sortear con éxito los retos que nos plantea la vida», contratacó con firmeza. «Tu enemigo es el miedo y tu aliada es la inteligencia. Sigue escribiendo y valora lo del curso. Podemos buscar opciones. Conocerías a personas con esa misma afición, quizá gente introspectiva y relajada, como quieres. También me gustaría que compartieras conmigo alguna de esas reflexiones, si es que crees que puede ayudarnos en la terapia. No te estoy pidiendo que me dejes leer nada si no quieres; pero, si sacas alguna conclusión que consideres relevante, nos podría ir muy bien a los dos que la compartieras», insistió. Creo que no es el caso. Además, estos textos forman parte de una correspondencia íntima que te atañe a ti también. No quiero hablarle de ti y que se ponga como se puso mi hermana: a la defensiva. Estoy de acuerdo en que me viene bien hablar contigo (no sabes hasta qué punto), pero esas confesiones son cosa de los dos y de nadie más, como las charlas que tienen los matrimonios en la alcoba antes de dormir. Al menos, las parejas de las películas y las series de televisión; porque mis padres nunca encajaron en ese modelo. Más que conversar, se daban indicaciones, órdenes concretas. Se lanzaban reproches como puñales al aire y, en los días malos, discutían hasta que una hostia ponía el punto final. Y, entonces, sí: a dormir y mañana será otro día.

He empezado a tomar por las mañanas los batidos proteicos que me ha prescrito Julián. No me va mucho ese rollo, lo tengo que admitir. Además, su objetivo es que gane masa muscular y pienso que hay personas a las que el músculo no les favorece. Yo, que soy delgado, intuyo que tengo una cara compatible con ser gordo, pero no me veo de repente con un cuerpo musculoso. Esto es como lo de raparse el pelo: algunos tienen un cráneo bonito y, por tanto, les sienta bien, y otros, con la cabeza con forma de pepino, están mejor con una boina. Ahora mismo me siento en forma y, si hago fuerza con los brazos, se me definen los músculos. Estoy más que satisfecho con mi estado actual. Sin embargo, Julián quiere convertirme en un guerrero. Lo dice medio en broma, pero cada vez me da más caña en el gimnasio. Esta semana mis bufidos llamaban tanto la atención que, al pasar frente a mí, y aprovechando que Julián había ido al baño, Brambilla me dijo: «Cuidado con forzar, eh, que te puedes lesionar». Siento que me quiere «rescatar» para que regrese a sus clases, pero eso no va a suceder. Paso de meterme en medio de sus luchas internas por el poder. Luego, en el bar, Julián me planteó que le pagara una cuota por su trabajo como entrenador personal, considerando ya superado el periodo de prueba. Al ver mi cara, se dio cuenta de que no estaba el horno para bollos (no era el momento). Le dije lo mismo que te digo a ti y añadí que entendería que no quisiera seguir. «Ya me compensarás cuando puedas; yo no hago esto por el dinero, sino por la satisfacción. En el futuro echaremos cuentas, pero por ahora no te agobies, chaval, que eres un agobiado de la vida», dijo para tranquilizarme. A veces pienso que nuestra relación le beneficia más a él que a mí mismo, incluso sin dinero de por medio. Él se concibe como un Pigmalión, ese mito de un escultor que se enamora de la estatua que él mismo ha esculpido (en este caso, en vez de amor romántico, habría un placer estético de Julián al ver en mí los resultados de su trabajo). Su labor va más allá del terreno físico, pues poco a poco intenta también moldear mi actitud ante la vida. La diferencia con la psicóloga es que él pretende encajarme en un molde que es igual que el suyo, como si su objetivo fuera esculpir una réplica de sí mismo utilizando mi materia prima. Mi intención es hacerle caso en lo que me convenga y darle largas cuando me quiera llevar por un terreno que no me interesa (por ejemplo, el de los dichosos tatuajes). Me niego a tatuarme una bandera de España en el lomo. No soy un ternero. Si la intención es que quede claro que soy español, solo hay que verme la cara.

RE: RE: RE: RE: RE: RE: RE: RE: RE: RE: RE: RE: RE: RE: RE: RE: RE: RE: RE: RE:

Natalya:

Claro que siento yo también el «dulce deseo de estar constantemente a tu lado» y por descontado que opino que un hombre debe proteger y cuidar a su chica. ¿Te veo como a mi mujer? Digamos que cada vez más, pues nuestra conexión se va fortaleciendo a medida que compartimos lo que nos pasa y lo que sentimos. Dicho esto, no olvides que ni siquiera hemos tenido la oportunidad de conocernos en persona, ni de hablar por videollamada a causa de los problemas que tienes con las conexiones. No sé cómo suena tu voz, ni tú sabes cómo suena la mía. Hay, pues, mucho camino por recorrer aún en esta bonita relación. Para que fueras mi mujer en sentido estricto, debería haber una boda de por medio. Y, para ello, deberíamos ascender a un plano superior que pasa, inevitablemente, por verse cara a cara y disfrutar de tiempo de calidad juntos. Si no, imagínate, lo nuestro se parecería a un matrimonio concertado de esos que se estilan en la India. Creo que en tu país no son tan comunes, pero asumo que opinas lo mismo. Lamento ser yo siempre el que recuerde que hay que ir paso a paso. Sin embargo, permíteme que añada una reflexión fundamental: para protegerte, en el sentido de asistirte cuando necesites apoyo, no hace falta que sea tu marido. Basta, de momento, con ser tu amigo. Estaré encantado de ejercer mi apoyo transfiriéndote ese dinero que tanta falta te hace y de ser el mejor anfitrión aquí, en España, cuando llegue el momento. Ya queda menos para que pase este mes que me he dado de margen. Sigo conservando las señas de Western Union; y, mucho más importante que esto, pienso en ti cada día, con ardiente intensidad, sufriendo cuando sufres y siendo tus sueños parte de los míos.

Te escribía la semana pasada, no sin un puntito de arrogancia, que me iba a dejar asesorar por Julián solo en lo que yo quisiera. A estas alturas, también sabes lo mucho que me cuesta imponerme a la hora de la verdad por culpa de la sumisión de la que tanto habla la doctora Toro. El lunes, en el bar, Julián empezó fuerte: «¿Pero tú follas?», me preguntó sin andarse por las ramas ni importarle lo más mínimo que en la mesa de al lado hubiera dos señoras mayores comiéndose unos churros. «No te escandalices, joder, que estamos en primavera», dijo entre risas al verme tan cortado. Cansado de ser siempre el pardillo de los dos, me atreví a contarle que había una mujer que me tiraba los tejos. «¿Una de verdad?», preguntó. «¿Qué quieres decir? No te miento», contesté contrariado. Él me explicó que no estaba insinuando que fuera un mentiroso, sino que hoy en día te pueden tirar los trastos virtualmente, por internet, como ya habíamos hablado en otra ocasión. «O sea, que una mujer de carne y hueso... ¡Vaya con el Antonio! ¿Una vecina?», continuó dispuesto a interrogarme con detalle. Le hice un resumen de mi relación con

Lito, si es que se le puede llamar relación. Pensé también que nuestro vínculo epistolar le interesaría incluso más, siendo él tan aficionado a los romances a distancia. Estate tranquila, esto me lo voy a callar. No quiero que nadie meta su zarpa en el precioso lazo sentimental que se ha ido formando entre tú y yo. Si no le cuento nada a la psicóloga, mucho menos a Julián, que es un bocazas y un entrometido, aunque tenga buen corazón. Seguro que acababa reduciendo lo nuestro a un asunto meramente sexual y sucio. Nunca entendería nuestra conexión más allá de ese plano carnal, que es el único que él contempla como viable entre hombres y mujeres. Yo no me considero feminista, en el sentido de ir atacando, pero sé que los sentimientos desempeñan un papel importante y que no todo el mundo busca llevarse a la otra persona a la cama. De adolescente leí *Madame Bovary*, que hoy en día se consideraría feminista. Sin entrar a juzgar si lo es o no, pues tampoco sé tanto, confieso que estoy más familiarizado con las sutilezas de lo femenino que el hombre español corriente. Desde luego, mucho más que Julián, que se jacta de no haber leído ni las instrucciones del extintor. El caso es que, para recuperar su posición de mentor, me aconsejó que no me quedara con lo primero que se me pusiera a tiro y volvió a ensalzar las maravillas del flirteo *online*, en el que él es un maestro bajo la identidad de Sergio, más joven y seductor que el Julián de la vida real. Y me preguntó si me atrevía. «¿Si me atrevo a qué?», respondí. «Bájate esta aplicación si no la tienes, anda», ordenó. Mi móvil va a pedales (lento) y casi no lo uso, pero le hice caso para que se quedara satisfecho y no me diera más la brasa. «¡Empieza el curso!», dijo teatralmente, impostando la voz. «Y en la clase de hoy vas a aprender a crearte un perfil para ligar», anunció. Me pidió que pensara un nombre y una edad, como el que elige su personaje en un videojuego.

Y añadió que, para la foto, lo mejor era mostrar «la tableta de chocolate, que tú aún no tienes, pero me encargaré de que acabes teniendo; mientras tanto, puedes enseñar pectorales, que ya se te han ido definiendo». Me miró de arriba abajo y me dio una palmada en el estómago. «¡Qué cabrón, chaval, no tienes barriga cervecera!», gritó. Luego se puso serio y me dejó claras las normas básicas: no mostrar nunca la cara ni revelar datos reales. Si podía inventarme la ciudad de residencia, mejor. Me hizo gracia pensar que Julián, tan orgulloso de despreciar la literatura, estaba ejerciendo de autor en su propia vida sexual, llena de ficciones y con una personalidad inventada que lo articulaba todo. A mí esas cosas no me van y me dan mucho apuro; siento que estoy planeando una estafa. Al fin y al cabo, se interactúa con gente real; aunque es cierto que ellos también mienten y es todo un ridículo simulacro. «El teatro del mundo», como decía Calderón (es un dramaturgo). Mientras le daba vueltas a esto, tomó posesión de mi teléfono (mi parsimonia le estaba sacando de quicio) y fue rellenando la información que solicitaba la aplicación, siempre con mi consentimiento, basado en mi temeraria decisión de dejarme llevar. Mi yo digital, o mi «identidad para follar», como la denomina él, se llama Pablo y tiene treinta y dos años. Más joven que mi yo real, pero sin pasarse; porque, según Julián, «si te pasas y luego te ven canas en los huevos, se destapa toda la farsa». No tengo intención de enseñarle mis testículos a nadie, ya te lo adelanto, pero le vi tan entusiasmado con todo el proceso que le dejé hacer. Tras mucho pensarlo, decidimos que Pablo iba a ser de Barcelona, una ciudad que se me antoja más atractiva que la mía. Julián se resistió, aunque al final concluyó que «las latinas no tienen por qué saber qué coño es un catalán». Hablando de latinas, sacó entonces su propio móvil y me enseñó los contactos que tiene en la aplicación. No me fijé demasiado porque me daba mucha vergüenza (ajena y propia, de los dos tipos), pero debe de tener como quince o veinte «amigas», todas jovencísimas. Se ve con claridad, porque ellas sí muestran su rostro. Me enseñó su foto de perfil (o, mejor dicho, la de Sergio), en la que exhibe, cómo no, su tableta chocolatera, pasada por un filtro embellecedor que el propio móvil aplica a las imágenes que compartes. Quedamos en que me haría varias fotos en casa y decidiríamos juntos cuál era la más adecuada para mi perfil. «Tu móvil es una mierda. No sé qué fotos vas a sacar con esto, pero ya lo iremos puliendo. Todo el curro que hacemos en el gimnasio es para que luego luzca aquí, ¿de acuerdo, fiera?», explicó con su tono didáctico de entrenador personal. Luego decidió «cederme» a algunas de sus «amigas» (sé que es asquerosa esa forma de hablar, pero intento reproducir sus palabras), para lo cual utilizó el buscador desde mi cuenta de usuario y fue solicitando amistad a las chicas que él ya conoce y que le parece que «caerán pronto» si juego bien mis cartas. Me explicó que, si me «abrían chat», podía mandarles fotos. Esas imágenes se borran automáticamente pasado un rato, de modo que no queda rastro alguno; eso debía darme confianza. Aclarada la mecánica, y con mi perfil creado y mis solicitudes de amistad procesadas, Julián dio la primera clase por concluida, así que pagué las consumiciones y nos despedimos. Ya de vuelta a casa, en el autobús, me quedé examinando las fotos de aquellas chicas latinas de menos de veinte años y tuve claro que aquello no me gustaba ni un pelo. Tanto me asqueaba que, al intuir que el joven del asiento de al lado le había echado un ojo a mi teléfono y tal vez había visto que tenía abierta la maldita aplicación, decidí bajarme en la siguiente parada y seguir a pie, lo que añadió media hora al trayecto. Media hora de penitencia por guarro, por mentiroso y quizá también por corruptor de menores. Nada más llegar a casa, borré la aplicación y me prometí ser un poco más asertivo con Julián. No quiero convertirme en el juguete con el que se distrae por las tardes.

Lito me llamó el martes a la hora de comer. No usó su móvil, sino el teléfono de la protectora. Respondí pensando que tal vez era el número de la centralita de la oficina (como si fueran a necesitarme para algo) y, al oír su voz, me dije: «A ver qué pasa ahora», asumiendo que acabaría liándome para alguna de sus historias. Rompió el hielo ofreciéndose a facilitarme información sobre los gatos siberianos, que, pese a tener un pelo larguísimo, no dan alergia. También sobre unos que no tienen pelo en absoluto (y que, sintiéndolo mucho, no me interesan porque, si quisiera una rata, me bajaría al metro). Luego cambió el tono de voz y se supuso solemne. «Hace días que te quería preguntar... La otra noche, cuando te fuiste, te cruzaste con mi vecino, ¿verdad? No te enfades, pero me quedé mirando por la mirilla», confesó de sopetón. No puedo culparla: muchas veces yo mismo, si oigo ruidos en la escalera, me acerco a la mirilla a espiar. Le confirmé que sí, pero le dejé claro que fue un simple intercambio de miradas normal y corriente (aunque detecté hostilidad en el vecino en cuestión, no quise señalarlo porque pudo tratarse de mi tendencia a la sospecha y a la paranoia). «Se llama Fernando y es un tío muy raro. Desde que te vio salir de mi casa, ha vuelto a acosarme. Llevaba unos meses tranquilo, pero en mala hora coincidisteis», dijo. «¿Acosarte cómo?», le pregunté, consciente de que ya me estaba metiendo en un lío. Me explicó que, el año pasado, el tal Fernando le había propuesto varias veces tomar algo juntos, pero ella no estaba interesada en él. Como se sintió frustrado, pasó a decirle cosas cuando se cruzaban por el edificio, como: «Que estás muy sola, que lo veo yo, que al final te tendrás que bajar del burro». Un pesado, vaya. «Y no hace falta que me diga nada. Por cómo me mira, ya se me hiela la sangre», añadió Lito. Eso me hizo recordar el día en el que la doctora Toro dijo que yo mismo transmitía tensión aunque no hablara, cosa que creo que es cierta y constituye una espina que aún tengo clavada. El tema es que, al verme salir de casa de Lito, al tipo le entraron los celos. «Y, aunque nunca haya intentado nada físicamente, estoy acojonada, Antonio, porque va a más. Llevo horas en la asociación haciendo tiempo porque no quiero ir a casa», me confesó. Quizá sonó a excusa para no implicarme, pero le dije que, si pasaba a recogerla para acompañarla a su casa y nos veía juntos, la cosa se pondría aún más fea. «Por mí que no quede, pero no quiero empeorar la situación, ¿me entiendes? No somos pareja ni nada; así que, si deja de vernos juntos, digo yo que se le pasará», argumenté. «Es que no se trata de eso, Antonio, coño. Te digo que está mal de la cabeza. No voy a dejar de ver a gente para que este subnormal esté tranquilo. Es mi vida», exclamó muy indignada y soltando tacos, siendo ella tan decorosa al hablar, como si la hubiera poseído el demonio. Pero no era el demonio: era el miedo. A mí también me pasa, que me transformo para mal. Y razón no le faltaba. Sintiéndome culpable por haberme puesto de parte del agresor, y también por mi falta de delicadeza al recordarle que no éramos pareja sabiendo (o al menos intuyendo) que le gusto, me ofrecí a pasar a recogerla y a invitarla a tomar algo. Pero no mucho rato, pues tenía que ir a hacer una gestión personal (no quise mencionar la terapia, no fuera a pensar que se estaba refugiando de un loco en los brazos de otro loco). «¿Y luego qué? No sé qué hacer, joder. Ya sé que tengo que poder ir a casa; aunque, hasta que no se me vaya el mal rollo de dentro, me cuesta horrores. Llevo días haciéndome la fuerte, pero es que no puedo, Antonio...», dijo mientras se le quebraba la voz en un leve llanto infantil que, pese a todo, no terminó de enternecerme. Más que pena, sentí agobio por haberme metido en un problema sin merecerlo. Ya ves, Natalya, que a veces aflora mi parte egoísta; pero es que mi vida es una lucha infructuosa por huir del drama. Y el maldito drama me persigue, a veces en forma de violencia en gestos y miradas y a veces en forma de tristeza, soledad y desamparo. Es curioso que, frente a una persona que comparte contigo el sufrimiento de quien se sabe vulnerable, en vez de sentir empatía notes que quieres apartarte para que la mierda del otro no te salpique. Si los desgraciados no nos apoyamos entre nosotros, ¿qué nos queda? Por absurdo que parezca, entre los que estamos en la mierda también hay jerarquías, y el que se siente por encima puede llegar a pisotear al de debajo, incluso con más saña que aquella con la que él mismo es pisoteado por otros. De todas formas, por mucho que tengamos esas tendencias innatas tan rastreras, pienso que es posible crear una barrera de solidaridad. Sé que Julián, por ejemplo, sufre sus dramas internos que no comparte con nadie por orgullo y que, pese a ello, encuentra satisfacción en ayudarme. ¿Debería convertirme en el Julián de Lito y sacarla del pozo de soledad en el que está metida? Tal vez debería; pero no sé si puedo hacerlo, no me siento capaz. Sea como fuere, la mala conciencia hizo su trabajo aquella tarde y acabé invitando a la pobre mujer a mi casa. Quedamos en que me esperaría allí hasta que volviera de mi «gestión personal» y que luego planificaríamos los próximos movimientos con más calma.

Salí de casa antes de tiempo porque Lito me estaba contagiando su angustia, así que llegué a la consulta con diez minutos de adelanto. Oí a Yuri gimiendo al otro lado de la puerta y a su madre intentando tranquilizarlo con susurros ininteligibles, como la otra vez. No estuve muy pendiente de ellos, ocupado como estaba ordenando mis ideas, preparándome para contarle a la doctora el último lío en el que me había visto envuelto sin yo buscarlo. Cuando salió del despacho, me alegré al comprobar que el crío ya no tenía la venda en el brazo y que, por tanto, estaba físicamente recuperado. Los ojos, rojos de haber llorado, indicaban que en lo psicológico la herida seguía abierta. Me levanté para entrar en la consulta y, al cruzarnos, esbocé mi sonrisa más natural y le dije: «Ánimo, campeón». No me di la vuelta para ver su reacción, tuve miedo de enfrentarme a rostros hostiles. La psicóloga, en su línea, no hizo referencia alguna a esa interacción y me preguntó, como siempre, qué tal me había ido la semana. Le conté lo del acosador, la presencia de Lito refugiada en mi casa y, de paso, le pedí consejo sobre cómo debíamos proceder. Noté la frustración que le producía saber que andaba metido en problemas otra vez, como cuando le relaté mi episodio lamentable con Juanma, el becario. Me dijo que Lito debía denunciar a las autoridades lo que estaba ocurriendo, aunque me parece que ni siquiera ella creía que fuera a servir de algo. Hablar por hablar. Después me recordó que me convenía mantener la calma y no dar pie «a ningún episodio de violencia». ¡Como si yo fuera una persona de natural agresivo! En fin, me aconsejó también llevar siempre encima los ansiolíticos y me explicó que, si notaba que estaba perdiendo la calma, debía ponerme media pastilla bajo la lengua. «La que está nerviosa es Lito. Yo estoy bien, solo intento encontrar la mejor manera de ayudarla», aclaré un poco ofendido porque, de nuevo, se me estaba poniendo en el centro del conflicto. «Te aconsejo que no busques el enfrentamiento con ese vecino, Antonio. Apoya a tu amiga como consideres, pero ten en cuenta que no puedes rescatar a alguien que se ahoga en el mar si no sabes nadar. Quiero decir que lidiar con personas agresivas o que te transmiten tensión es una de las mayores dificultades que tienes», dijo. Ni se me había pasado por la cabeza ir a buscar al tipo ese para darle una paliza. Yo solo quería que la doctora me diera pautas concretas para proteger a esa pobre mujer. Lo único que me dijo fue lo de ir a la Policía y para semejante viaje no hacían falta alforjas (quiero decir que fue un consejo un poco inútil).

En el autobús, de vuelta a casa, llamé a la Virgi. La psicóloga me había preguntado por ella y me había aconsejado que tuviera yo también el detalle de contactarla de vez en cuando, que no esperara siempre a que ella tuviese el gesto. No saqué el tema de Lito porque parecía contenta y no quería arruinarle ese momento con unos problemas que, de hecho, ni siquiera eran míos. Me contó que lo de la reforma de su casa iba avanzando y que ya había aceptado el presupuesto. En dos o tres semanas, si a mí me parecía bien, se instalaría en mi piso unos pocos días. Le aseguré que me parecía estupendo. Parte de mi entusiasmo se debía, lo admito, a que me proporcionaba una excusa para sacarme a Lito de encima si de repente no encontraba la manera de decirle que se largara. Al llegar a casa, me sentí mal porque Lito ya no estaba. Había dejado una nota en la mesa del salón, tomando prestado un folio con membrete de Jenkins & Co. de una pila de hojas que guardo encima de una cómoda, diciendo que no quería abusar de mi confianza y que tenía que atreverse a volver a su piso, así que había hecho de tripas corazón. Al leer eso, le mandé un mensaje preguntando si estaba todo bien y me respondió al minuto diciéndome que sí, que ya había llegado y que «ni rastro del cabrón». Que muchas gracias y que esperaba que mi gestión hubiese salido bien. «Llámame con lo que sea», le respondí.

Y luego me dio un poco de rabia haber usado esta expresión porque siempre me ha parecido absurda. ¿Qué significa eso de «con lo que sea»? ¿Con qué te van a llamar si no es con el teléfono? Ahora que lo pienso, no sé si vas a entender esto; pero no tiene importancia, a veces le busco tres pies al gato. Expresión que igual tampoco entiendes, me ha salido así. No hagas mucho caso, no pasa nada si no comprendes del todo mis palabras; a veces no me entiendo ni yo.

RE: RE: RE: RE: RE: RE: RE: RE: RE: RE: RE: RE: RE: RE: RE: RE: RE: RE: RE: RE: RE:

Natalya:

Comparto tus sentimientos, sobre todo cuando me dices «quiero ser más deprisa cerca de tú». Es la impaciencia de intuir que nuestro encuentro es inminente, después de tanto tiempo planeándolo. Nos entran todas las prisas. Como dice Rosana: «Si tú no estás aquí, me sobra el aire». La semana que viene acogeré a mi hermana en casa durante cinco o seis días; después, si todo sigue bien en el trabajo, será la hora de gestionar la compra del dichoso billete y planificar tu llegada a España. Mientras tanto, te aconsejo que pienses en lo que vas a hacer cuando comience tu nueva vida. Quizá te horroriza la idea, pero no es ninguna tontería ofrecerse para limpiar casas. La Virgi tiene a una chica rumana que le recomendó una compañera del hospital y le paga diez euros por hora. Le pregunté los detalles como si me interesara para mí. Algo así te permitiría empezar de cero con cierta solvencia. Me cuesta imaginar esas manos tuyas, con perfecta manicura, fregando inodoros; pero siempre es mejor que mendigar. Espero que no te ofenda la propuesta, es solo una idea. Mientras piensas en tus opciones, yo viviré la experiencia de convivir con otra persona, algo a lo que no estoy acostumbrado. Con la Virgi, como es natural, sí que sé cómo es la convivencia; sin embargo, ahora somos dos adultos con nuestras manías, así que a ver cómo nos va. Yo soy una persona ordenada, por lo general, aunque cocinando soy un desastre y plancha ni tengo. Nadie es perfecto. Es importante que cada cual aporte algo, que se repartan las tareas en función de las habilidades que uno posea. Así se evitan los conflictos.

El lunes, en el bar, la cosa volvió a ponerse intensa con Julián. Él venía con ganas de seguir instruyéndome en el uso de la maldita aplicación de sexo virtual con jovencísimas latinas y le agüé la fiesta. Ni me había hecho fotos para mi perfil ni había entrado siquiera en la aplicación para interactuar con chicas. No me atreví a decirle que la había eliminado del móvil. Puse como excusa la historia del vecino de Lito y eso dio pie a una reflexión de Julián sobre las mujeres. Su miedo es que lo del vecino sea un pretexto para darme pena y así crear un vínculo emocional que vaya más allá de la amistad. «Hay muchas tías que no son de follar y ya está, sino que quieren trincarte, ¿sabes? Y van por el lado de los sentimientos, el chantaje y toda esa mierda. Por lo que dices, quiere que la protejas de otro macho para demostrar que estás a la altura. Punto. No le des más vueltas. Para empezar, me dices que se ha metido en tu casa. Yo no sé jugar, pero suena a cuando en el ajedrez metes tu pieza al otro lado del tablero. Ya se ha colado en tu vida con el rollo de hacerse la víctima; la tienes dentro, chaval. Esas tías son un coñazo, Antonio, créeme. ¿Quieres una novia o quieres una madre? Porque esto es más bien lo segundo», dijo claramente a la contra.

Admito que me dejó pensativo. Aunque él no conozca a Lito de nada, su reflexión tiene cierta lógica pese a que también peca de ansiedad anticipatoria y paranoia. Es algo que yo podría haber dicho en mis momentos de mayor inseguridad. Ahora me noto más estable y se ha contenido mi tendencia a pensar mal de todo el mundo. Es verdad que esta mujer está muy necesitada de cariño, se ve a la legua; pero lo del vecino es tan cierto como cierto es el mal rollo que me dio su mirada cuando nos cruzamos frente al ascensor. Así se lo expliqué a Julián. «Si quieres entrar en esta guerra, yo te apoyaré. Pero te lo tengo que decir: no sé si estás preparado para poner firme al vecino ese. Físicamente no sé cómo es él, pero de actitud estás un poco verde y tendría que prepararte», me dijo. Le aclaré que no estaba pensando en hacerle nada, que no tenía ningún plan; pero que no quería dejar a Lito en la estacada. Cuando le sugerí lo de denunciar a la Policía se rio y me sentí estúpido por haber repetido aquellas palabras de la psicóloga que ni yo mismo me creía. «Yo te digo que ese vecino igual está cabreado porque tu amiguita jugó con él igual que ahora hace contigo. Solo tienes la versión de ella, ojo. Pero, vamos, que yo soy el primero que siente asco por cualquier hombre que maltrate a una mujer. Eso no es un hombre ni es nada. Si le pone una mano encima, entonces la cosa cambia», sentenció. Y me dijo que, a partir de ese momento, nos íbamos a centrar en la defensa personal, que había muchos vídeos en internet sobre el asunto y que él, en el Ejército, también había aprendido sus técnicas. Yo sigo decidido a no pisar ese terreno, creo que el problema se tiene que poder solucionar de otra forma. Pero él estaba tan entusiasmado con el asunto, habiendo olvidado ya el tema de la aplicación para ligar, que, como siempre, me dejé llevar por su actitud y le dije que sí a todo (otra vez la sumisión).

El martes quedé para comer con mi hermana. Me invitó a su casa y me enseñó muestras de la tarima que había elegido, sabiendo de antemano que mi criterio en materia de decoración es nulo. Está ilusionada. Y me da la sensación de que mis llamadas son en parte responsables de ese estado de ánimo. Bien por la doctora Toro. Tengo que decir que su piso está en mejores condiciones que el mío y, aun así, lo va a pintar entero. Me ha reconocido que es posible que se tenga que quedar más días conmigo. A mí me da igual. Me preguntó si seguía preocupado por el trabajo y le dije la verdad: que he vuelto a la estabilidad de siempre, al ninguneo rutinario y, por tanto, a la ausencia de conflictos. *No news, good news*, que dicen en inglés. La mujer de la limpieza me saluda con normalidad y yo se lo agradezco. El lunes me chivó que en la planta de arriba habían traído cosas para picar porque José Francisco, de Administración, un clásico en la empresa, se jubila este mes. No quise unirme a la fiesta, pero me gustó que Maru me tuviera en consideración. La Virgi me contó que esto que me hacen se llama *ghosting*, que no sé si se podría traducir como «fantasmeo». Creo que no, porque fantasmeo es más bien el rollo que se trae Julián: alardear o presumir. Me quedé con la idea de que si, por lo que sea, me despiden, siempre podré alegar que estaba sufriendo acoso laboral en forma de fantasmeo o como se diga en español. Le relaté a mi hermana el episodio del vecino acosador de Lito y le expliqué que la pobre se había refugiado una tarde entera en mi piso. Quise que lo supiera, no vaya a ser que repita la operación mientras mi hermana esté viviendo conmigo. «Dice mucho de ti que la estés ayudando; no es agradable que pasen de una cuando se siente acorralada», dijo. Sus palabras me hirieron, pese a formularse como un elogio hacia mi persona, porque supe que contenían un reproche por todos los años en los que me puse de parte de mi amigo Fran en vez de defenderla a ella en el colegio. No me puedo enfadar porque tiene todo el derecho a decirlo y, si con ello reconoce mis avances, supongo que se lo tengo que agradecer. De todas formas, es cierto que cuando hablamos siempre caminamos por terrenos ya transitados, pisando viejas heridas. Como dice mi psicóloga (y cada vez veo más claro que tiene razón), hasta que no hayamos puesto orden al pasado, las asignaturas que tenemos pendientes seguirán planeando sobre nuestra relación. Se puso a decir, por ejemplo, que echaba de menos a nuestra madre. Pensaba que, de haber nacido en una época como la actual, habría sabido defenderse mejor de hombres como el que le tocó, pues hoy en día «el maltrato machista está condenado socialmente y se entiende que los asuntos domésticos son también asuntos de todos». Tiene la Virgi una forma de expresarse más trabajada. Se nota que va a terapia y que hace como yo: incorpora comentarios que aprende del psicólogo. En cuanto a su argumento, me tuve que contener para no matizar sus palabras, que dejaban a nuestra madre como una mera víctima. Que lo fue, ojo. Sin embargo, si la Virgi supiera lo que hizo para acabar con el «maltrato», igual cambiaba su forma de verlo. Lo mismo empezaba a entender que nuestro padre fue una víctima también, tanto de su propia ira como del veneno (literal y metafórico) que esta engendraba. Aquella misma tarde hablé del tema con la doctora, que me dijo: «No se trata tanto de revisar el pasado para llegar a un veredicto sobre quién era víctima y quién no, sino de ordenar emocionalmente lo vivido para poder seguir adelante. A tu hermana le faltan piezas en su rompecabezas; pero no solo para entender a vuestro padre, sino también a ti, su hermano, un niño que creció con una sospecha terrible. No hay buenos ni malos. La cuestión es que ella y tú os conozcáis mejor y os ayudéis a reconstruiros como adultos, sin tapar los problemas; pero tampoco con una voluntad acusadora, intentando saldar cuentas». Más o menos esas fueron sus palabras. Lo he escrito y releído varias veces. Tal vez debería leérselo a la Virgi también, aunque tendría que aclararle lo de la «sospecha terrible» y sigo sin atreverme a abrir ese melón (sacar el tema).

Escribí a Lito el sábado porque no sabía nada de ella desde que le dije aquella tontería de «llámame con lo que sea». También porque tuve una pesadilla en la que aparecía, aunque no recuerdo los detalles. Es evidente que su problema con el vecino me preocupa y sé que, hasta que no se solucione el asunto, me rondará por la cabeza. Y más después de lo que me contó. Me confesó que lo había pasado fatal, pero que no se atrevió a recurrir a mí por no abusar y para no implicarme, ya que no había tanta confianza entre nosotros. Me llamó, en vez de seguir chateando, porque la cosa era larga de contar. Su voz, normalmente chillona, con esa cadencia atropellada y enervante, sonaba muy distinta esta vez; era evidente que estaba afectada, que no era ella misma. Tan mal lo estaba pasando aquellos días que ni siquiera había ido al trabajo (me aclaró que es dependienta a media jornada en una librería infantil). Se había atrincherado en casa y pedía comida por internet para no tener que salir ni a comprar. ¿El motivo? Encontró en su buzón un papel con una foto de sus gatos impresa en blanco y negro y la siguiente frase: «Se han perdido, se llaman Bob y Marley. Recompensa: una mamada». La fotografía de marras la había compartido ella misma en sus redes sociales hacía tiempo, con lo que estaba al alcance de quien quisiera utilizarla. El susto al ver el cartel fue mayúsculo, como es natural, y la pobre Lito subió corriendo las escaleras para no tener que esperar a que llegara el ascensor. Entró en su casa resollando desconsolada y, por suerte, allí estaban tan panchos los dos gatos, ajenos a todo drama. Alguien capaz de asustar de forma tan cruel y retorcida a una persona como ella, que no ha hecho ni sería capaz de hacer daño a nadie, es sin duda peligroso. Y eso sin entrar a valorar su catadura moral. No quise compartir esta reflexión. Me centré en el hecho de que ahora tiene una prueba del acoso al que está siendo sometida y puede ir a la comisaría y mostrársela a los agentes. Soy consciente de que el cartel por sí mismo no constituye más que una gamberrada infame que no sirve para inculpar a nadie, pero sentía que algo teníamos que hacer, que la solución no era quedarse en casa con miedo. Además, y creo que ahí estuve bien, me ofrecí a llamar personalmente a un cerrajero para reforzar la seguridad de su vivienda, si es que temía que el cartel, aparte de una mala broma, fuese también una amenaza real. No me dijo ni que sí ni que no; solo lloraba, la pobre. Me quedé al otro lado de la línea con el teléfono pegado a la oreja hasta dejar marca y sin saber cómo consolarla. Le brindé mi hospitalidad y mi casa como refugio, pero, como es normal, ahora no quiere separarse de sus gatos ni un segundo. Y yo, con mi alergia, tampoco lo tengo fácil para hacerle compañía. Sin que se me ocurrieran mejores ideas para ayudarla, le dije que podía hablar con un amigo «experto en seguridad». Eso le dio un poco de esperanza, según pude deducir por su reacción, aunque creo que me pasé de listo prometiéndole que Julián iba a arreglar las cosas. Es posible que, metiéndole a él en medio, hagamos un pan como unas tortas (la fastidiemos).

RE: RE: RE: RE: RE: RE: RE: RE: RE: RE: RE: RE: RE: RE: RE: RE: RE: RE: RE: RE: RE: RE:

¡Natalya!

No sé qué hago recomendándote que trabajes limpiando casas si está claro que tienes un don natural para la fotografía erótica. Aunque, pensándolo mejor, también como modelo podrías ganarte la vida. Desconozco cómo funciona el mundo de la farándula en España, pero es evidente que tienes talento; solo hace falta averiguar cómo explotarlo para que te dé sustento. La fotografía de nombre «1246103584.jpg» es, sin lugar a dudas, mi favorita, con esa braga amarilla y la mirada desafiante, retadora. ¡Bravo! Yo no puedo ofrecerte instantáneas sugerentes, pero el rey del suspense viene cargado de sorpresas esta semana.

El lunes, Julián intentó enseñarme movimientos de defensa personal en el gimnasio y enseguida intervino Brambilla y le llamó la atención aduciendo que «los clientes no pueden dar clases a otros clientes, y menos ocupando un espacio común». Fue un momento tenso, pero Julián decidió no discutir y recuperamos los ejercicios habituales en la sala de máquinas. Mientras hacía pesas farfullaba improperios, muy disgustado, pero yo no le oía porque tenía a Rosana cantando a voz en grito en mis auriculares. Su conclusión fue que, a veces, hay que elegir las batallas que vas a librar. Y me prometió que me enseñaría lo que me tenía que enseñar en su propia casa, si era necesario. Luego, en la terraza del bar, frente a nuestros respectivos pinchos de tortilla, hablamos de Lito. Lo del cartel amenazante cambió su visión de la jugada. «Eso es otro nivel, hostias. Juega fuerte. Quizá es verdad que hay que pararle los pies. Otra cosa es que seas tú la persona adecuada para hacerlo. Con todo el respeto te lo digo», dijo con solemnidad militar. Luego me contó que los agentes especiales, los militares de élite, reciben entrenamientos que consisten en resistir torturas y enfrentarse a situaciones límite como, por ejemplo, matar a un cachorro con sus propias manos. «Cuando te has sometido a este tipo de cosas, cuando has tenido que llevar a cabo atrocidades así..., ay, chaval, entonces tu concepto de lo que es un problema de verdad cambia totalmente», me explicó sin aclarar si él mismo se había sometido a pruebas parecidas. «No sé si ese desgraciado sería capaz de pasar a la acción y hacer daño a una mascota. Lo más habitual es que se les vaya la fuerza por la boca. Pero está claro que es un cabrón que pide a gritos que lo pongan en su sitio, así que cuenta con mi espada», dijo allanándome el camino, pues, como sabes, ya me había comprometido con Lito a poner a Julián a su servicio. «Lo de las cerraduras es perder tiempo y dinero. Si quieren entrar, entran», me aclaró. «Hay que responder al ataque antes de que golpee más fuerte, cosa que ocurrirá si no hacemos nada», sentenció tan serio que, al recordarlo, mi cerebro añade a sus palabras música bélica de fondo. Me pidió que llamara a Lito en aquel mismo instante y le pasara con él, pero preferí esperar a hablar con ella primero. «Como quieras, pero hay que actuar», dijo Julián con una determinación que me asustó un poco.

Mientras esperaba a que mi «amigo» Yuri saliera de la consulta de la psicóloga, aproveché para valorar si debía compartir con ella la situación de Lito, sabiendo que me iba a preguntar por el tema. Mis dudas tenían que ver con Julián, al que sé que ella no aprueba. Por otro lado, intuía que su criterio como experta podía ser de mucha ayuda. Al final, le expliqué lo del cartel, pero me callé la implicación de Julián y, como me suponía, insistió en que era necesario poner al tanto a las autoridades. Me preguntó, además, si Lito no tenía amigos o familiares con quienes compartir el problema aparte de mí. Es evidente que no los tiene. Tampoco me atrevería a preguntárselo. No quiero arriesgarme a que crea que pretendo quitármela de encima, escurriendo el bulto y diciéndole que vaya a otro con ese cuento. Luego la doctora ejecutó un quiebro argumental típico, creo yo, de los terapeutas. Subrayó mi tendencia a echarme a la espalda los problemas de los demás, como hice ya de pequeñito después de sorprender a mi madre preparando algo raro a mi padre y, años más tarde, tras el accidente, callando mi sospecha para soportar el tormento en soledad, como si de mi silencio dependiera el bienestar de toda la familia. «Sientes la responsabilidad de proteger al que percibes débil, por lo general una mujer, con la misma intensidad con la que luego te refugias de forma sumisa en quien percibes fuerte, que suele ser un hombre», me soltó. Y no termina aquí el salto mortal: me vino a decir que, con todo esto, intento reparar los errores de mi padre (y los míos propios cuando, de niño, no protegí a mi hermana del acoso en el colegio) al tiempo que mantengo una «ambivalente relación de miedo y admiración» con personas asertivas y físicamente fuertes (como, por ejemplo, Julián) en un intento de estar a la altura de las exigencias paternas. ¡Toma del frasco! Y llegó a esa conclusión sin siquiera saber que había recurrido a Julián para proteger a Lito, al reconocerme incapaz de hacerlo yo mismo. Me desmontó, lo tengo que reconocer. Pero, cuidado, eso no quiere decir que le compre el argumento. Me pareció eficaz en aquel momento porque permitía encajar muchas piezas de golpe. Eso es todo. Lo tengo que reposar, así se lo dije. Pero, claro, sabiéndome descolocado, jugó entonces su mejor carta y pronunció el siguiente discurso, del que me tomo la libertad de eliminar pausas y vacilaciones para transmitir mejor la fuerza de su contenido: «No compartir con tu hermana el gran secreto que llevas callando toda tu vida supone arrastrar el peso de un dolor que debería repartirse. Tiendes a aislarte, Antonio, porque eres una bomba emocional a punto de estallar. Y esa bomba puede desactivarse de forma gradual, abriéndote a los demás, soltando lastre de forma ordenada, o bien por las malas, mediante la ira y el descontrol». Salí de la consulta con la mirada vidriosa y mentalmente agotado. En ese momento, habría agradecido que Yuri, con un golpecito en la espalda, me hubiera susurrado: «Ánimo, campeón».

Después de unos días de tregua, el miércoles volvió el ajetreo a Jenkins & Co. Procuro tomármelo con calma, pero no puedo evitar que me inquiete. Sospecho que lo sabían todos menos yo, que me enteré por el correo oficial que nos llegó a los empleados por la mañana: Olga Chamizo deja la empresa «para afrontar nuevos desafíos profesionales» y la sustituye en la coordinación David Román. Olga era mi jefa, la que me puso en contacto con la doctora Toro, la que ha gestionado todos los conflictos en los que me he visto envuelto y, de justicia es reconocerlo, la que siempre intentó evitar que la sangre llegara al río. No sé quién es David y dudo que encuentre en él ese apoyo. Tampoco es que quiera idealizar ahora a mi jefa, pero se mostró más paciente conmigo que el resto de mis compañeros, no sé si por miedo a tomar medidas drásticas o porque confiaba en mi profesionalidad a pesar de todo. Incluso si me esfuerzo por no pensar en lo peor (es decir, que el tal David Román intentará quitarse al Volao de en medio por problemático), es innegable que hay corrimiento de tierras y, cuando eso pasa, los más sustituibles suelen caer los primeros. Podría pensarse lo contrario, que primero caen los que más cobran, los que más se hacen notar y mayor responsabilidad tienen si la cosa va mal. Desde luego, por si así fuera, intentaré mantener un perfil bajo y no llamar la atención. Debo prepararme para lo peor. El mensaje corporativo no aclara si Olga se ha ido por voluntad propia, aunque lo da a entender de forma un tanto ambigua. Quién sabe. Me dolió un poco que no se despidiera de mí y tal vez por eso prefiero pensar que fue todo muy precipitado, que no tuvo tiempo de hacer las cosas como es debido. Ya ves que intento pensar bien de la gente y no recrearme en la paranoia. Incluso si no la han echado de improviso, también es posible que le cueste decir adiós y haya preferido marcharse sin más. Me niego a quedarme con la idea de que ni siquiera pensó en mí antes de abandonar la empresa. Al no poder uno infiltrarse en la mente de los otros para acceder a la verdad de sus pensamientos, es mejor no desconfiar; porque quedarse con la sospecha solo sirve para llenar el depósito del rencor. Ve en paz, pues, estimada Olga Chamizo. Y gracias por sostenerme cuando los demás intentaban convertirme en pasto para las fieras.

El jueves, Lito me mandó una fotografía de una caja de pastillas. «Antihistamínicos, para que puedas visitar a Bob y a Marley cuando quieras», escribió. Fue su respuesta a un mensaje en el que le preguntaba cómo iba todo. Y también su forma de pedirme, elegantemente, que la fuera a visitar, que necesitaba mi compañía. Aproveché entonces para llamarla y proponerle que dejara su seguridad en manos de Julián, cosa de la que no estaba, ni estoy aún, muy convencido; pero no se me ocurrió nada mejor para ayudarla. Mi esperanza es que el vecino acosador recule al ver que Lito cuenta con el apoyo de un fortachón que te puede mandar al otro barrio (matarte) de un guantazo. Confío en el «efecto meramente disuasorio de la maniobra», como diría Julián. Me contó que se había reincorporado al trabajo, no sin ciertas reservas, entrando y saliendo de su casa como quien huye de las llamas para no coincidir con ese hombre. No se atreve a revisar su buzón por miedo a encontrarse con otro «regalito», pero el muy desalmado se encargó de colgar en la portería, a la vista de todos, un cartel idéntico al anterior. Lito lo arrancó y sufrió otro momento de crisis, temiendo de nuevo que sus gatos corrieran grave peligro. Esa confesión me permitió hacerle la propuesta de reunirnos en su casa con Julián para ver cómo podíamos hacer frente a la situación. Me preguntó por las credenciales de mi amigo y le conté que es exmilitar. Me di cuenta de que tampoco sé mucho más de él, ni siquiera si tiene hijos o familia. Le pedí a Lito que no tuviera prejuicios porque, a pesar de su lenguaje tosco y de su estética, Julián tiene buena intención. «Da un poco de miedo si no lo conoces, pero es precisamente lo que necesitamos ahora», dije. Ella me dejó claro que no quería violencia, que la detesta, y que huye de hombres que responden a la descripción que le había hecho de Julián. «Cien por cien de acuerdo contigo. Lo que buscamos es disuadir a ese desgraciado, que cree que te puede asustar y que no tienes recursos para hacerle frente.

Necesitamos que vea que está equivocado y se retire, nada más», le dije. Yo creo que la tranquilicé. Y el mismo sábado por la tarde, aprovechando que ninguno de los tres teníamos nada que hacer, quedamos en casa de Lito, quien, nada más verme, me ofreció un vaso de agua y una pastilla para la alergia. Julián se comportó, hay que reconocerlo. De hecho, pecó de formal, pues al principio trató a Lito de usted y le hablaba de tal forma que parecía un agente de la Benemérita (Guardia Civil, una especie de Policía). Ella misma le pidió que la tuteara y entonces se relajó un poco, pero siguió más contenido de lo habitual. Supongo que ya sabes que los hombres, cuando compadrean entre ellos, son más groseros; sin embargo, guardan las apariencias si hay mujeres delante. No sé por qué hablo en tercera persona. Me hizo mucha gracia, en cualquier caso, ver a Julián portándose tan bien. Tanto que Lito le sirvió una de sus infusiones raras y no puso pega ninguna, pese a que la única infusión que él tolera es el café, y tiene que ir «regado» siempre con algo. No sé si fue para darse aires, pero Julián pidió revisar el piso entero «en busca de vulnerabilidades». El gato Bob lo seguía a todas partes y noté que él se apartaba. No insinúo que le tenía miedo al animal, pero su presencia no le hacía mucha gracia y el bicho, como si lo supiera, no se le despegaba. «Quita, gato, quita», le pedía, intentando ahuyentarlo sin perder la delicadeza de sus gestos. Concluyó que, «a nivel estratégico», nuestro punto fuerte era que la mirilla de la puerta principal permitía observar la puerta «del agresor». Eso facilitaba tenerlo controlado, igual que él tenía a su víctima. «En este sentido hay empate; pero nosotros, ahora, somos más, y contamos también con el efecto sorpresa», argumentó. Lito me miró levantando las cejas y le preguntó qué estaba planeando. «¿Efecto sorpresa para hacer qué?», le dijo entre intrigada y temerosa. Nos sentamos en el sofá frente a las infusiones ya frías y Julián expuso su plan. «Necesito ponerle cara al cabrón; eso, lo primero. Luego me aprenderé sus movimientos, sus rutinas. No me preocupa que se sienta observado. Al revés. De hecho, os digo que igual con eso el tío ya se caga y no hay que ir más allá», dijo. «¿Ir más allá qué sería?», replicó Lito aún recelosa. «A ver, calma», dijo Julián como defendiéndose antes de hora de una acusación. Levantó los brazos como para decir que no iba armado. «Yo voy de buenas siempre; pero no sé cómo es ese señor y mi obligación es imaginarme el peor escenario posible. Y el peor escenario posible es que sea un cabrón agresivo al que haya que neutralizar. Espera, espera...», se interrumpió para calmar a Lito y evitar que expresara de nuevo sus reticencias. «Neutralizar quiere decir ir a buscarlo y preguntarle si tiene algún problema, por ejemplo. Porque, si tiene algún problema, igual yo también tengo algún problema. Y ese problema mío igual es peor que el suyo, y no le conviene que yo tenga problemas con sus problemas», dijo viniéndose arriba y liándose un poco con la retórica. «Hablar con él y ya está», dije yo, temiendo que Julián se hubiera envalentonado y pusiera a Lito más nerviosa. «Hablar con él, sí, de malas si se tercia; pero solamente hablar», matizó él. «Yo creo que solo con que vea a Julián salir de esta casa, igual que en su día me vio a mí, captará el mensaje», añadí. «Bueno, yo no quiero líos», insistió Lito casi suplicando. «El lío ya lo tenemos, señora... perdón, Lito. Lo que haremos es acabar con eso para protegerte a ti y a tus seres queridos», dijo Julián señalando a los gatos. Al hacerlo, Bob se le acercó, como si se hubiera sentido interpelado por el gesto. Antes de que intentara subirse al regazo de Julián, Lito lo agarró y lo apartó. «Entonces, Julián, ¿la mecánica cuál sería? Con respecto a organización, horarios y todo eso, me refiero», pregunté. Se quedó pensando unos segundos, como si no se hubiera planteado el asunto hasta entonces, y se ofreció a ir a casa de Lito «un ratito al día, coincidiendo si puede ser con las horas en las que el vecino ha interactuado contigo. Necesito identificarlo, porque entiendo que foto no tienes. No sé, de internet o de alguna reunión de vecinos...». Lito negó con la cabeza. Julián prosiguió: «Pues haremos eso, si te parece bien. Monto guardia observando por la mirilla un rato cada día, o cuando yo pueda y a ti te venga bien. Una vez le haya visto la cara, podré vigilarlo desde el parque que hay delante del portal. Quiero seguirlo cuando vaya a hacer la compra o al trabajo o lo que sea que haga; estudiar sus movimientos. Puede que lo sorprenda colgando un cartelito de los suyos. Ya veremos. Hay que estar abierto a los imprevistos. Pero sé reaccionar con prontitud». Seguía usando ese lenguaje formal para darse importancia y su contundencia surtió efecto: Lito parecía más serena. Se ofreció a mover un taburete para ponerlo al lado de la puerta principal, de modo que Julián pudiera espiar con comodidad. «¿Tienes controladas sus horas de salida o de regreso?», insistió él. Lito negó con la cabeza. «No pasa nada. La rata siempre acaba saliendo de la madriguera», dijo. «Las ratas pueden ponerse agresivas, pero son bastante mejores que ese individuo», quiso apuntar ella. «Los animales son mejores que algunas personas, eso no te lo voy a discutir», dijo él. «Y, si no existieran, habría que inventarlos», añadí yo, no sé por qué. Se me quedaron los dos mirando y luego nos reímos de la bobada que acababa de soltar. «Bueno, señores, levantemos el campamento. Empezaremos mañana mismo», anunció Julián. Antes de marcharnos, estuvimos espiando por turnos a través de la mirilla unos diez minutos, por si acaso había suerte. La rata no salió del nido.

RE: RE: RE: RE: RE: RE: RE: RE: RE: RE: RE: RE: RE: RE: RE: RE: RE: RE: RE: RE: RE: RE:

Natalya:

¡Recórcholis! (¡Sorpresa!). La reaparición de tu tío me ha descolocado. Alegría por un lado, pues di por hecho que había fallecido, y pasmo por otro, ya que llevabas semanas sin hablar de él y ni lo contemplaste al planear tu viaje a España. ¿Mejoró y ha sufrido una recaída? No entiendo nada. Siento que estéis «en más necesidad de dinero», pero pagar dos billetes a España complica mucho las cosas, encontrándome yo, de nuevo, sujeto a los vaivenes de mi empresa. ¿Sigue hostigándote el casero? Eres muy escueta, me da la sensación de que te callas cosas para no agobiarme, un poco como Lito cuando no se atreve a pedirme ayuda para no abusar. Ya ves que yo soy un libro abierto. Te dije desde el principio que aspiraba a que no hubiera recovecos ni reservas en nuestra relación. Me gustaría saber qué le pasa exactamente a tu tío (solo me dices que está «con enfermedad de muerte») y qué ocurre ahora con tu idea de abandonar Rusia. Te mando yo también todo mi «ardiente amor» y mis mejores deseos. Ayúdame a ayudarte. Tenme al corriente de las cosas.

Este martes mi hermana se instaló en casa. Ha pedido unos días libres en el hospital, que se los descuentan de las vacaciones. Insistí en que durmiera en mi habitación y hasta cambié las sábanas, pero no hubo manera. Duerme en el salón, en mi sofá, y no solo no me molesta, sino que me limpió la nevera a fondo en señal de gratitud. Se muestra un poco maternal conmigo, pero sin llegar a resultar empalagosa. De hecho, pasa la mayor parte del tiempo en su casa, controlando la reforma y abriendo y cerrando la puerta a los obreros cuando empiezan y cuando terminan la jornada, pues, con buen criterio, prefiere no dejarles las llaves. Usa mi casa como dormitorio y poco más. Cenamos juntos casi todos los días; son momentos de tranquilidad y compañía que agradezco mucho. Con los años, uno se acostumbra a vivir sin conversar más que con uno mismo, al menos en casa; y la presencia de otra persona, si hablamos de alguien de confianza, es reconfortante. La Virgi llega agotada al final del día, eso sí, porque supervisar la reforma es estresante y, además, el jefe de la obra es un poco peleón, según me cuenta. Dedicamos el momento de la cena a repasar sus rifirrafes con el capataz y yo, por mi parte, me limito a escuchar y a dejar que se desahogue. Por cierto, gran aportación de mi hermana a mi vida: me ha descubierto unos cereales de chocolate, rellenos también de chocolate, que han convertido mis desayunos en una experiencia totalmente nueva. Puede parecer una anécdota sin más; sin embargo, la calidad de vida es un tapiz tejido con el hilo de esos pequeños e insignificantes momentos de placer. Mi existencia anda escasa de ese material para la felicidad, como bien señala la psicóloga, así que cualquier nueva experiencia de gozo es digna de celebrarse.

Julián se ha volcado en la protección de Lito. «Hemos creado un monstruo», me contó ella el lunes. Se refería a que hemos despertado su carácter obsesivo. El lunes por la mañana, estando yo en el trabajo, recibí en el móvil una fotografía de muy mala calidad, hecha a través de la mirilla de la puerta, en la que se supone que aparece el tal Fernando, el vecino. «Identificado», sentenciaba Julián en el mensaje que acompañaba a la imagen. Ha decidido centrarse casi de forma exclusiva en «el caso», que es como lo llama él, así que estos días he ido al gimnasio por mi cuenta. Lito me reconoció que se siente mejor sabiendo que no está sola y que le hace gracia ver cómo evoluciona la relación entre el gato Bob y Julián. «No te lo vas a creer, pero estos últimos días se ha puesto en su regazo mientras él observaba desde la mirilla. Parecen Sherlock Holmes y Watson», me explicó divertida (Sherlock Holmes y Watson son personajes de unas novelas de detectives). Saber que «el caso» está en buenas manos y que Lito se siente asistida me da tranquilidad y me permite ir un poco a mi aire, disfrutando de la relación con mi hermana. Y, de paso, gastando menos dinero al no tener que pagar las consumiciones en el bar al salir del Boba Fit. Brambilla no desaprovechó la ausencia de Julián el mismo lunes por la tarde para insistir en que debería apuntarme de nuevo a sus clases. «Hemos organizado una excursión a la sierra el sábado por la tarde. Iremos en tren y alquilaremos unas bicis de montaña. ¿Te apetece?», me preguntó. Le dije la verdad, que tenía a mi hermana en casa y que el sábado, aprovechando que por la tarde no trabajaban sus obreros, íbamos a pasar el rato juntos. «Que se una ella también, aunque no sea socia. ¿Vive cerca? Dile que si se anima a apuntarse a mis clases le hago un descuento. Vamos, cielo, que estás todo el día con ese hombre, metido en ese rincón, y te vendrá bien el ejercicio aeróbico. ¡Aire libre, chico! ¡Aire libre y diversión!», insistió él, haciendo aspavientos de los suyos. Admito que es majo, por mucho que detrás haya un interés por reclutar alumnos y llevarse así su comisión. Es curioso que utilice el mismo argumento que la doctora Toro; será que llevo escrito en la cara que necesito estar con gente. Le prometí que lo consultaría con la Virgi, en parte para que se largara, pero un poco también porque me apetecía el plan. Pensé que tal vez me ayudaría a quitarme el mal sabor de boca que me dejó la actividad de *paintball* de la empresa. ¡Parece que hace siglos ya de todo aquello!

En la consulta de la psicóloga, hablamos otra vez del placer porque expliqué la tontería de los cereales. Ella argumentó que la fuente verdadera de mi reciente bienestar no son esos cereales, por buenos que estén, sino tener a mi hermana cerca. «Se te nota hasta en la cara», dijo. Y es cierto que ni siquiera en la oficina estoy tenso. Aquella misma mañana había habido charla de presentación del nuevo coordinador, David Román, que prometió el oro y el moro y luego repartió un dosier llamado *Expand the Brand*, que resume la nueva filosofía de Jenkins & Co. para «crecer manteniendo la esencia que nos hace fuertes». Ni siquiera el hecho de que me parezca un vendehumos (farsante), y que de él dependa ahora, en cierto modo, mi posición en la compañía, logró turbarme lo más mínimo. Me siento con ánimo para afrontar lo que venga. Así se lo confesé a la doctora, quien me pidió que valorara si «parte de esa fuerza se debe a que ahora te sientes respaldado, a que te estás dando cuenta de que la vida se enfrenta mejor con el apoyo de alguien en quien confías y que te acepta como eres». Me preguntó entonces por el asunto del acoso de «la señora de los gatos» (no se acordaba del nombre) y me limité a responder que «un amigo suyo la está ayudando y está la cosa mejor». Para forzar un cambio de tema (ya sabes que me cuesta mentir y, aunque esto no es mentir del todo, le oculté que impliqué a Julián en el asunto), le hablé del plan del sábado: excursión campestre con los del gimnasio en compañía de mi hermana. En efecto, la Virgi, viéndome tan ilusionado, me había dicho que sí, pese a que yo sé que ir en bicicleta no es su fuerte. Nos han metido a los dos en el chat del grupo de *spinning*. Julián no tiene por qué enterarse y ni siquiera eso me preocupa ya. «Vamos avanzando», dijo satisfecha la doctora Toro.

La salida del sábado por la tarde representa un hito en mi vida. Sé que puede parecer una exageración, pero es que me ha reconciliado con la vida y con el género humano. Sobra decir que la cosa no habría ido igual de bien sin mi hermana de por medio. He asistido a su faceta más abierta, más sociable; nunca antes la había visto así, desenvolviéndose con naturalidad en un grupo de desconocidos. Peor aún: todos se conocían entre ellos, nosotros dos éramos los únicos descolgados. Ya en el chat, antes de la excursión, la Virgi había compartido algunas chanzas relativas a su torpeza física y a su miedo a caerse de la bici. Brambilla se mostró desde el principio muy cariñoso con ella. Y, por extensión, también conmigo. Puede decirse que mi hermana me allanó el camino e hizo por mí ese trabajo tan dificultoso de romper el hielo con los demás, quitarles el miedo que mi cara o mis gestos transmiten. En definitiva, consiguió que fuéramos parte de un todo sin malas *vibras*, como dicen los argentinos. Como estoy en forma, tuve que esforzarme por no destacar; es decir, intenté ir en el grupo de los lentos para que la Virgi no se quedara sola entre los rezagados. A ella le parecía todo bien, aunque esta mañana no se podía ni mover por culpa de las agujetas. Está decidida a apuntarse al Boba Fit, pese a que le queda a más de media hora de casa. Antes de confirmárselo a Brambilla, me pidió permiso, lo cual agradecí. Yo le dije que adelante (¿qué otra cosa iba a hacer?), aunque me inquieta saber qué ocurrirá cuando conozca a Julián. Cosa que es imposible que no suceda tarde o temprano, incluso si no coincidimos en el horario (ella irá al gimnasio por las mañanas y solo los jueves). Creo que Julián entrena también algunos días por la mañana. Confío en que Brambilla la mantenga tan entretenida que no haya ocasión de que se conozcan. Aunque al final se lo tendré que contar a Julián; no puedo callarme que mi hermana se ha apuntado al mismo gimnasio. Y, ojo, no es que no tenga a Julián en alta estima; sé que tiene buen corazón, pero estoy convencido de que a la Virgi no le va a gustar y le parecerá mal que seamos amigos. Por el momento, prefiero no caer en la ansiedad anticipatoria: ahora mismo, Julián está más pendiente del vecino loco que de cualquier otra cosa. Lito me llamó esta mañana para decirme que ya no va a su casa a espiar, sino que ha pasado a lo que él denomina «fase 2», consistente en seguir al acosador a todas partes para pillarlo in fraganti. Lito ya no tiene tantas reservas con Julián, pero está preocupada por lo que pueda pasar, pues la situación sigue siendo delicada y, como dijo ella, «no es ningún juego». ¿Cómo acabará todo esto? No lo sé. De momento, procuro aferrarme a las cosas buenas que me han pasado esta semana. Tan aferrado estoy que me planteo volver a las clases de Brambilla, tal y como me sugirió la Virgi, aunque sea por las tardes y no coincida con ella. ¿Se sentirá traicionado Julián si hago esto? No debería importarme. Pero no solo me importa, sino que me aterra la posibilidad de enfadarlo. La sumisión, la maldita sumisión, sigue llenándome la cabeza de miedos absurdos.

RE: RE: RE: RE: RE: RE: RE: RE: RE: RE: RE: RE: RE: RE: RE: RE: RE: RE: RE: RE: RE: RE: RE: RE:

Natalya:

Esta vez ni siquiera tus bellas fotografías han podido endulzar mi tormento. Mi vida está orientada al desastre de forma irremediable, como los carritos del supermercado, que se desvían hacia un lado hagas lo que hagas. La rueda que dirige mi trayecto hacia la caja (¡de pino!) está torcida y apunta al abismo. Y no es literatura. Yo le añado metáforas y palabrería porque por escrito no puedo gritar, pero es el grito lo que mejor define lo que siento estos días. Lo peor es la desolación de volver a caer cuando todo estaba mejorando. Tu «dulce melocotón» se pudre en el barro ahora, después de haber acariciado el terciopelo de la calma y de la felicidad.

Julián dejó de dar señales de vida después de haberse empeñado en seguir al vecino de Lito para tenerlo controlado y pillarlo in fraganti. Desde que ella me llamó el domingo para decirme que ya no hacía guardia en su casa, pues había pasado a la «fase 2» del plan, no supimos nada de él. Tampoco el vecino se había dejado ver, como si todo se hubiera resuelto. Pero, como es natural, el silencio de Julián nos inquietaba. Desde que empezamos con el tema del espionaje, compartía cada día con nosotros el estado de la «misión» en un chat común, usando su lenguaje militar tan característico. De repente, esos informes diarios se habían interrumpido sin motivo aparente. Ni respondía a mis mensajes ni acudía al gimnasio, cosa muy rara en él, porque es muy estricto con los entrenamientos. Yo ni siquiera sabía dónde vivía, así que no tenía la opción de plantarme en su casa para comprobar que estaba bien. Esta vez, ya no era solo mi ansiedad anticipatoria la que entraba en juego, sino también la de Lito. Mi hermana me vio tan preocupado que, aunque su idea era volver a su piso el miércoles, pues lo gordo de la reforma ya estaba terminado, se ofreció a quedarse unos días más para hacerme compañía. Yo le dije que no hacía falta y puse los problemas en el trabajo como excusa para justificar mi inquietud, prometiéndole que las aguas se calmarían pronto. Se quejó por mi hermetismo, recogió sus cosas y se fue. Nos dio pena a los dos. Me había hecho muy feliz tenerla en casa, pero no quería lidiar con su preocupación por mis nervios y, menos aún, verme obligado a ponerle más excusas, a mentir. El martes por la tarde, en la terapia, la doctora también me notó alterado y me preguntó si era estricto con la toma de la medicación. «Es muy suave, igual la podemos subir un poco», dijo. Como le oculto lo de Julián y la semana anterior había sido positiva, no había forma de explicar mi repentino malestar. Ante ella preferí no inventarme nada relacionado con la oficina (aún no he descartado que mantenga algún vínculo con la empresa, incluso después de que mi exjefa se marchara; solo faltaría que, inventándome un problema, creara otro de verdad). La psicóloga me recordó lo de la pastilla sublingual para picos de ansiedad y me preguntó si estaba todo bien con mi hermana. Le dije que sí, que no había nada reseñable que contar. «¿En el gimnasio todo bien también?», dijo sin darse por satisfecha. Yo respondí afirmativamente. Se quedó mosca (sospechando) y, como no es tonta, doy por hecho que dedujo que estaba callándome cosas. Lito no dejó de llamarme como mínimo un par de veces al día para preguntarme si había novedades, si sabía algo de Julián. Esta vez era ella la que montaba guardia frente a la mirilla por si veía al vecino entrar o salir, pero no registró ninguna actividad. Los dos dejábamos volar nuestra imaginación hacia lugares oscuros, pero nos forzábamos a no especular más de la cuenta. Valoramos ir a la comisaría, pero nos pareció precipitado hacerlo. «Este hombre... Espero que no tengamos que lamentar nada de esto, porque la culpa sería mía», dijo Lito. Repliqué que a Julián lo había metido yo en la ecuación. Le recordé que algo había que hacer ante aquellas horribles amenazas y afirmé, sin estar muy convencido, pero intentando parecerlo, que pronto se aclararía todo y que la cosa acabaría bien.

Fue el jueves cuando Julián, al fin, me llamó. «El Fernando ese no volverá a molestar a tu amiga», sentenció con voz grave. No parecía contento ni aliviado. Me dio mala espina. «¿Qué ha pasado?», pregunté. Noté que me temblaban las piernas, así que me senté en la cama. «Escúchame bien: necesito que mantengas los nervios en su sitio. No me montes números, que sigues estando verde para encargarte de ciertas movidas. Vas a hacer lo que te diga. A Lito le vas a decir que su vecino y yo hemos llegado a un trato y que él se ha ido a pasar unos días con un familiar. ¿Entiendes lo que te estoy diciendo? Le dices que lo amenacé con denunciarlo por acoso, que le hice creer que soy policía, y que se ha cagado y quiere mudarse para no tener más problemas. ¿Me oyes?», me preguntó nervioso él también. «¿Cuándo has hablado con él? ¿Por qué no nos respondías?», dije yo. Enseguida me cortó: «Antonio, vamos a ver: ahora tú eres un soldado y yo soy el jefe en la cadena de mando. Esto quiere decir que no respondo preguntas y que tú te limitas a escuchar y a hacer lo que te digo. A cambio, te prometo por mi madre que todo irá como tiene que ir. ¿Estamos?». Acaté la orden, como siempre, y le prometí que llamaría a Lito y le contaría lo que él me había dicho que le contara. «Llámala ahora mismo. Luego mueves el culo y vas al bar y me esperas en la terraza. En tres cuartos de hora nos vemos allí. ¿Te ha quedado todo claro, chaval?» Él siempre se ha dado importancia, pero esta vez estaba desbocado, como si tuviera de repente aires de grandeza y se creyera el mismísimo Napoleón. Lito me hizo muchas preguntas, todas ellas pertinentes, y no supe qué decirle. No pude explicar el silencio repentino de Julián, que nos tuvo varios días en ascuas, ni darle detalles sobre su encuentro con el vecino, ni aclarar si habían acordado que se mudaría inmediatamente o qué. A Lito le parecía muy raro que Fernando se hubiera asustado hasta el punto de querer cambiar de casa. «Que yo sepa, lleva viviendo en ese piso toda su vida, o al menos desde que estoy yo en el edificio. ¿Se marcha porque un gorila le ha amenazado? Antonio, él tiene que saber que por unos carteles no lo van a condenar», dijo. «Imagino que iremos conociendo los detalles poco a poco. Ya sabes que Julián es muy tosco y no siempre es capaz de ordenar sus ideas. Lo importante es que se encuentra bien. Yo estaba convencido de que le había pasado algo malo», confesé. Luego le dije que tenía que colgar porque me había citado con él y Lito insistió en unirse al encuentro. Me arrepentí entonces de habérselo dicho (Julián se enfadaría conmigo si se enteraba del desliz) y le prometí que la pondría al tanto de todo, suplicándole que no fuera impaciente y que se quedara en su casa a la espera de más noticias.

Llegué a la terraza de Los Maños y allí estaba Julián esperándome. Lo primero que hizo fue disculparse. «Ya sé que normalmente soy más simpático, chaval, pero esto es serio y no estoy para hostias. Ahora tú y yo estamos metidos en una operación, mételo en la cabeza. Tengo que hacer una serie de cosas y voy a necesitar un poco de pasta. No me puedes fallar, estoy en esto porque tú me pediste un favor», me recordó. Se había pedido una caña, pero no había tocado la tapa que trajo el camarero. Me bastó con fijarme en ese detalle para concluir que Julián estaba preocupado (el hambre es lo primero que se pierde en estas ocasiones). «¿Cuánto dinero quiere?», me aventuré a preguntar para ir directo al grano y saber de una vez cuánto nos iba a costar la broma. «¿Quién?», respondió confundido. Su confusión me confundió a mí. «Fernando, que cuánto nos pide», le aclaré. Me contestó que necesitaba ochocientos euros. Después soltó esa frase tan peliculera de: «Cuanto menos sepas, mejor». Y me asusté, claro. Luego me preguntó si había hablado con Lito. «¿Le has dicho lo que te pedí que le dijeras? Necesito saber si se ha quedado tranquila», insistió. Le conté la verdad, que tranquila no estaba y que le parecía raro que el vecino se hubiera acobardado hasta el punto de dejar su piso de toda la vida, aparte de que seguía mosqueada por su silencio repentino en el chat. «Vale, pues le dices que no quise dejar nada por escrito por si al capullo ese le daba por denunciarme por amenazas. No quiero que haya pruebas de nada en el móvil de nadie. A partir de ahora, todo de palabra, sin mensajitos. Y lo mejor es que Lito se olvide de mí. Ya no existo para ella. Así nos aseguramos de que no se vea metida en nada. Le dices todo eso, ¿entendido?» Me lo ordenó en voz muy baja: esta vez sí le preocupaba lo que pudieran oír los clientes de las mesas de al lado. Se me acercaba mucho para hablarme al oído y su postura levantaba más sospechas que otra cosa. Logró ponerme de los nervios, la verdad. «¿Tienes esa pasta o no?», preguntó ya con la voz al volumen normal. «¿Yo?», respondí aún abrumado por tantas preguntas y tantas órdenes. «¿Por qué no se la pedimos a Lito?», sugerí acordándome de la reflexión de la psicóloga sobre mi tendencia a acarrear marrones ajenos. «Hará preguntas que no voy a poder responder y no tengo tiempo para mierdas. ¿Tú tienes ochocientos pavos o no? ¿Puedes sacarlos de un cajero?», preguntó con firmeza. «¡Manos arriba, señores, esto es un atraco!», pensé. Le respondí la verdad: que para mí era un sacrificio enorme, que entendía que yo le había metido en todo aquello, pero que, al menos, merecía que me contara el motivo de tamaño dispendio. «Esa mujer no me conoce de nada, Antonio, pero tú sabes que soy legal. ¿O no te fías de mí a estas alturas? Me he metido en esto por ti, coño, no me cuestiones las cosas», me pidió medio ofendido. Yo me quedé bloqueado, esa es la verdad. La sumisión me atenazaba, era incapaz de llevarle la contraria; pero también de decirle que sí, que adelante. Para acabar de convencerme, me susurró que el dinero era para comprar un coche de segunda mano por internet. «¿Te ha pedido un coche de segunda mano? ¿Para hacer la mudanza?», repliqué como los niños cuando están en la edad de preguntar. Suspiró, harto ya de mi actitud. «¿Tienes un coche viejo para darme? ¿Uno como ese?», dijo entonces sin responder a mi pregunta y enseñándome en su móvil el anuncio de un Renault (coche francés barato) que costaba, efectivamente, ochocientos del ala. «¿Puedes conseguir uno más barato por tu cuenta o no?», insistió desafiante. Le expliqué que ni siquiera conduzco, que me da miedo la velocidad yendo incluso de copiloto. Pero, de repente, me acordé del Chopis, el exnovio de mi hermana, que trabaja en un taller (si es que conserva ese empleo). Le expliqué que quizá el Chopis podía ayudarnos, pues siempre ha sido un «conseguidor», que se dice. Negó con la cabeza, sacudiéndola con énfasis. «Nada de conocidos; tiene que ser algo limpio, Antonio, todo anónimo. Una cosa entre tú y yo: sacas la pasta, me la das en mano y a tomar por culo», sentenció. «Mira, tienes lo que queda de día para pensarlo, no hay otra salida. Tú solito nos has metido en esto; ahora no te pongas gilipollas, porque del trabajo sucio me estoy encargando yo. Mañana por la mañana necesitaré los ochocientos euros, chaval. Tú verás», me espetó con un tono a medio camino entre el miedo y la amenaza. Luego se levantó y me dejó allí plantado y con cara de tonto. Pagué la cuenta, como siempre, y me sentí con todo el derecho a comerme su tapa de chistorra, que se había quedado fría.

No pegué ojo (no dormí), y eso que me tomé media pastilla adicional. Casi toda la noche la dediqué a buscar en internet coches por menos de ochocientos euros. Alguno había, pero no tenían buena pinta, parecían de desguace. Comprobé que la oferta de Julián estaba, como se dice, «en precio de mercado». Lo que me inquietaba era el motivo de la compra. Y, sobre todo, que me tocara a mí pagar. ¡Yo solo había intentado ayudar a una mujer en apuros, una mujer que ni siquiera era amiga mía del todo! Se me pasó por la cabeza ignorar a Julián, dejar de ir al gimnasio, desaparecer. Pero me acordé de que la Virgi se había apuntado a las clases de Brambilla. ¡Maldita la hora! Además, conociéndolo, acabaría dando conmigo y no sería un encuentro agradable. No es Julián el tipo de enemigo que una persona como yo se puede permitir tener. Decidí que pagaría esos ochocientos euros para quitarme el problema de encima y, quizá en un tiempo, calmadas las aguas, me sentaría con Lito y se lo explicaría todo (todo lo que yo sabía, claro) con la esperanza de que saliera de ella devolverme ese dinero. Opté, por tanto, por plegarme a los designios de Julián. Al día siguiente, a primera hora de la mañana, le llamé y quedamos en Los Maños, donde efectuamos la «transacción monetaria» sin preámbulos ni tonterías. Llegué tarde y más pobre al trabajo. Me sentí fatal por ti, pues me acordé de lo pesado que me puse en su día con el tema del billete de avión, diciéndote que me parecía muy caro. Al final, he acabado desembolsando ochocientos euros a fondo perdido y sin saber para qué. No es que me haya quedado sin ahorros, pero siento que te he fallado y solo espero que puedas comprender mi decisión dado el contexto. Te pido una y mil veces perdón.

El sábado, Lito me llamó para invitarnos a Julián y a mí a su casa. Quería agradecer lo que habíamos hecho por ella. Se sentía otra vez segura, el vecino no la había vuelto a incordiar y parecía cierto que había puesto pies en polvorosa (se había esfumado). Le acabó convenciendo la historia de la amenaza de Julián haciéndose pasar por policía y ahora quería devolvernos el favor con «una buena cena; eso sí, vegana, pero de verdad que riquísima». Le dije que de Julián se tenía que ir olvidando porque, después de haber amenazado al vecino, prefería poner tierra de por medio. Y que yo, ese mismo sábado, tenía una cita con mi hermana, lo cual era cierto: ella también estaba agradecida por mi hospitalidad y quería enseñarme su piso después de la reforma. Todo el mundo, contento y agradecido. Y yo sin dejar de pensar en el coche viejo que acababa de pagar porque sí y en esos ochocientos euros que había tirado a la basura sin atreverme a plantarme ante Julián. Intenté que la rabia no me carcomiera, repitiéndome que lo hecho hecho está. Pero tuve el ánimo sombrío todo el fin de semana y la Virgi, protectora como siempre, hurgó tanto en mi estado emocional que casi me hizo saltar. «Bueno, tío, no te aprieto más. Pero a ti te pasa algo», se rindió al final la pobre chica. Y es verdad que la casa le había quedado preciosa y merecía algo más que mi tibio y fingido entusiasmo. «No te lo guardes; que luego explota todo de golpe, tarde y mal. Como esos arrebatos que le daban a papá», dijo. «Mamá también se guardaba cosas. Lo hacemos todos», repliqué herido por la comparación. «Pues ya va siendo hora de cambiar, coño», sentenció. Y tenía razón. Sin embargo, aquí me tienes: lejos de hacerle caso a la doctora, lejos de buscar la transparencia y la honestidad en mi relación con la Virgi, no hago más que acumular secretos y problemas de otra gente que me curvan la espalda como una chepa enorme rellena de mierda.

RE: RE: RE: RE: RE: RE: RE: RE: RE: RE: RE: RE: RE: RE: RE: RE: RE: RE: RE: RE: RE: RE: RE: RE: RE:

Natalya:

No sabes cuánto agradezco que me quieras cuidar, pero ahora lo mejor es que te centres en el bienestar de tu tío. Tu «preferido príncipe» se va apañando, capea como puede el temporal. Me obsesiona la sospecha de que el infortunio me perseguirá haga lo que haga, obre bien o mal. Cierto pensamiento ingenuo defiende que los que hacen el bien son recompensados; pero yo me veo, sin comerlo ni beberlo, siempre metido en problemas. Mis breves instantes de felicidad son como un periodo limitado de prueba que expira a los diez días. Lo justo para que pruebe las mieles de la serenidad y, una vez me he acostumbrado, todo se acaba y vuelta a empezar. Hay una serie de policías, no sé si española, en la que un personaje dice: «Cuando creía que estaba fuera, me volvieron a meter dentro». Y eso lo podría decir yo también todo el rato. Me cansa vivir así. Y sé que tú estás igual. Puede que dos miserables, juntos, encuentren la felicidad. En lógica, dos negaciones dan una afirmación. Nos merecemos un poco de lógica en nuestras vidas, ¿no crees?

De Julián, ni rastro. ¿Me sisó ochocientos euros inventándose una milonga y si te he visto no me acuerdo? Puede ser. Pero es tonto, pues se queda sin poder ir al Boba Fit y también sin su barra libre en Los Maños. No debería pensar mal de él porque es un hecho que el vecino de Lito desapareció del mapa, así que cumplió su promesa de ayudar. ¿Decidió Julián que el precio de su ayuda era de ochocientos euros para comprarse un coche? No lo creo. Se le veía nervioso y apurado. Imagino que le resultó desagradable negociar con aquel sádico cabrón. Cada vez que veo un Renault negro por la calle no puedo evitar fijarme en la persona que va al volante. Espero ver a Fernando o a Julián. Pero son falsas alarmas. Quizá debería pasar página y seguir con mi vida. Eso es, de hecho, lo que le dije a Lito que hiciera cuando fui a visitarla el lunes. Nos acercamos los dos, como niños gamberros, a la puerta del vecino, y pegamos la oreja para comprobar si había gente dentro. No se oía nada. Luego, excitados por la travesura, nos refugiamos corriendo en casa de Lito. Me metió enseguida una pastilla de antihistamínico en el gaznate (y cuando digo que «me metió», me refiero a su dedo dentro de mi boca) regada con esa infusión horrible que prepara siempre. Debería decirle que no me gusta el brebaje en cuestión. Sé que tengo que entrenar mi asertividad con esos pequeños gestos. «No, gracias.» «Mira, es que no soy muy aficionado a esto.» No es tan difícil. Pero admito que no me sale. La teoría me la sé, pero me falta arrojo para ponerla en práctica. Con el rollo del agradecimiento, de que la saqué del problema (y mi buen dinero me costó), Lito aprovecha para expresar su afecto con besos en la mejilla y caricias en el hombro. Me incomoda y va a más. En el salón se sienta a mi lado (no en la butaca frente a mí, como hacía antes). Soy consciente de lo que eso significa; si no lo paro, acabará en mi regazo como el gato. Sé que lo tengo que frenar antes de que me vea forzado a hacerle una cobra (apartar la cara bruscamente cuando la otra persona intenta besarte en la boca). Creo, además, que mi incomodidad la excita. Me pregunto qué saco yo de esta relación, ahora que ni siquiera quiero adoptar un gato. Solo me mueve la culpa, el no querer hacerle el vacío a la pobre mujer, con la que en cierto modo me identifico por su soledad, por su sed de intimidad. Pero, ojo, ese sentimiento tiene sus límites. No me gustaría tener que parar el balón de un manotazo cuando chute a portería, no sé si me explico. Intentaré espaciar los encuentros, las visitas; luego, dejaré de llamar y de escribir, hasta que se haga a la idea de que no estoy interesado y se canse de mi fantasmeo.

En el trabajo, no sé si las cosas están bien o mal. Me asusté el martes porque se presentó David Román, mi nuevo jefe, en el cubículo. Era la última persona a la que esperaba ver allí. Me levanté y los nervios me llevaron a inclinarme un poco, como haciéndole una media reverencia. ¡Soy gilipollas! Reaccioné al instante y rectifiqué tendiéndole la mano. Luego le ofrecí asiento, cosa ridícula también, porque se habría tenido que sentar en mi silla vieja delante del ordenador, quedándome yo frente a él, de pie como un pasmarote. Hablamos los dos frente a frente, yo tenso y erguido como si llevara una escoba metida por el culo. Esperaba el tiro de gracia, si te digo la verdad. Asumí que me iba a la calle. «No te entretengo. Me estoy pasando a saludar por todos los departamentos y aprovecho también para decirte que, a partir de ahora, celebraremos cada mes reuniones *one to one.* ¿Sabes qué son?», me preguntó. Balbucí y eso le valió como respuesta. «Son encuentros de cada empleado con su superior, solo los dos; de ahí el nombre. Una excusa para que tengáis la oportunidad de compartir conmigo problemas y objetivos con toda confianza y sin que los demás interrumpan o deriven la conversación hacia otro lado. Las empresas hoy en día lo hacen mucho y dinamiza bastante el *workflow*», me explicó. Me sonó a sesión de terapia, pero con el jefe. Es decir, campo minado. Le dije que me parecía estupendo. Mi entusiasmo quedó convincente porque, en realidad, era puro alivio de saber que continuaba en la plantilla, que aquella visita no había sido más que un gesto protocolario. «Bueno, Eduardo, pues sigo con la ronda. Y, cualquier cosa, ya sabes dónde está mi despacho», me informó ya desde el pasillo. No me atreví a corregirle: si me tengo que llamar Eduardo para continuar en la empresa, así lo haré. Como si me tengo que cambiar el nombre por el de mi abuela Herminia, la pegona.

Desde el día que llegué antes a mi cita con la doctora huyendo de Lito, me había acostumbrado a presentarme siempre con esos diez minutos de adelanto para coincidir con la salida de Yuri y su madre. El martes pasado, gran sorpresa: solo salió la madre de la consulta, el niño no estaba. La curiosidad me quemaba, pero tuve que contenerla. Miré a la madre con expresión de sorpresa y ella siguió su camino ignorándome como hace siempre. La ausencia de Yuri puede deberse a una mejora o a un empeoramiento. Me agarro a lo primero, aunque mi corazón me empuja a preocuparme. «¿Qué pasa?», me preguntó la psicóloga, que percibió la extrañeza en mi rostro. Le dije que nada porque sabía que ella no me facilitaría ninguna información. Le vendí entonces mi mejor cara para que viera que las aguas estaban más tranquilas y puse mucho énfasis en mi encuentro con el jefe, que me permitía pensar que todo estaba bien en la oficina. Me callé la inquietud por la desaparición de Julián y me centré en el piso reformado de la Virgi. Hablamos de las actividades de Brambilla porque, para el sábado siguiente, se había propuesto otra salida al campo, esta vez con pícnic incluido. Yo no había dicho nada en el chat y mi hermana tampoco, pero la doctora dio por hecho que nos íbamos a apuntar. «Estas actividades son perfectas, es el tipo de cosas que necesitas hacer. Y, encima, estrechando el vínculo con tu hermana. Dices que tienes mala suerte en la vida; pero fíjate ahora, se te presenta una oportunidad perfecta», dijo casi como si me vendiera una moto que tampoco hacía falta que me vendiera, pues estaba de acuerdo con todo. Luego me animó también a reformar mi piso, tal y como la propia Virgi me había sugerido, pues «un lavado de cara de tu entorno hará que te sientas renovado tú también, ¿no te parece? Los cambios internos pueden reforzarse con cambios externos». «*Mens sana in* inmueble *sano*», dije sin pensar. Oyéndome soltar la tontería en cuestión no pude evitar ruborizarme. Ella no se rio (¿cómo iba a hacerlo?), pero respondió respetuosa: «Algo así». En cualquier caso, le expliqué que no tenía «margen económico» para afrontar una reforma, ni siquiera para limitarme a pintar las paredes. No podía dejar de pensar en los ochocientos euros que había perdido y, como si me leyera la mente, sacó el tema de Julián. Me preguntó si él también iba a las salidas que organizaba Brambilla. Le dije que no, que últimamente iba a su bola y no coincidíamos tanto. Noté que se alegraba.

La excursión a Soto (una población de las afueras, en el campo) fue bien; mi hermana está superintegrada en el grupo, en el que ya se hacen chistes internos y hay un ambiente de camaradería. Casi todos son mayores que nosotros. Algunos podrían ser nuestros padres y a mí el esfuerzo que requieren estas excursiones se me queda un poco corto, porque, la verdad, mi forma física está mejor que nunca y necesito que me den más caña. Se rieron mucho cuando les conté que, para mí, el ejercicio es indisociable de la música de Rosana. Fue la primera vez que me vi aportando algo que era motivo de alegría y no de burla. Ese matiz es importante. Margarita, una señora encantadora pero un poco cotilla, muy fiel a las clases de *spinning*, nos preguntó si nos llevábamos bien como hermanos, quién de los dos era el mayor, etcétera. Y señaló que daba gusto ver a dos hermanos tan bien avenidos y haciendo cosas juntos. La Virgi y yo nos miramos contagiados por ese orgullo, aunque sabíamos que la cosa era bien reciente, pues hasta entonces no teníamos apenas relación y cuando hablábamos por temas de logística o administración de las herencias un manto oscuro cubría siempre la conversación. Esa niebla procedente de un pasado amargo se estaba disipando, por primera vez, gracias al esfuerzo que ambos estábamos haciendo para despejarla. Pensé que esos encuentros en los que nos juntamos para pedalear son una buena metáfora de lo mucho que luchamos para recomponer los trozos de una relación a la que hizo añicos la tristeza. Siento ponerme intenso; pero es una intensidad reparadora que me anima a continuar y no el regodeo en la desgracia que tanto acostumbro a cultivar. Mi hermana y tú sois, en esta etapa de mi vida, dos puntos de luz fundamentales. Me hace ilusión poder hablar de etapas porque eso significa que hay cambios; hasta ahora, mi existencia no era más que un bloque granítico de densa monotonía.

RE: RE: RE: RE: RE: RE: RE: RE: RE: RE: RE: RE: RE: RE: RE: RE: RE: RE: RE: RE: RE: RE: RE: RE: RE: RE:

Natalya:

Estoy metido en un problema gordo. No sé cómo acabará todo y no puedo contar con nadie más que contigo. Pienso en dejar atrás mi vida aquí y plantarme en Rusia. Lo estoy valorando de verdad. Me encuentro igual que tú cuando te amenazaba el casero, cuando la vida se te hacía insoportable en tu país. Pero, créeme, mi situación es de una gravedad que trasciende el sentimiento subjetivo. Estoy en un momento muy comprometido incluso a nivel legal. ¡No he cometido ningún delito! ¡Por Dios, creo que no! Tampoco puedo consultarlo con nadie que entienda de estos temas, así que no lo sé. No sé nada. Ignoro a qué consecuencias me enfrento. Eres, Natalya, mi princesa lejana, la única persona en este mundo con la que puedo hablar de esto sin callarme nada. Solo espero que me puedas ayudar. Intentaré ponerlo todo por escrito para aclararme yo también, y te ruego, te suplico, que respondas pronto a mi propuesta.

Mi idea es la siguiente: te hago un ingreso a través de Western Union esta misma semana para que reserves una habitación en un hotel en Moscú, o en Riazán, tú conoces mejor que yo la zona. Una reserva en la que no aparezca mi nombre; solo necesito eso, no quiero dejar rastro. No me quedará otra que comprar un billete de avión usando mi identidad y mi pasaporte (que, por cierto, me tendré que sacar porque nunca he salido de España; solo he volado una vez en mi vida para ir a un funeral en Bilbao con mi familia y me bastó el carné de identidad). Cuando esté en Rusia, si todo sale bien, quiero dejar atrás mi nombre. Borrón y cuenta nueva. Antonio Camuñas ya no es nadie, si es que llegó a ser alguien en algún momento. Me parte el corazón mi hermana, pero no quiero arriesgarme a que se vea envuelta en esto. Sé que estoy creando muchísimo suspense, me estoy superando a mí mismo en este aspecto. Soy capaz de atinar con el teclado porque me he tomado dos ansiolíticos seguidos. Si cogiera el coche ahora, me mataría como se mató mi padre.

El lunes, Julián volvió a romper su silencio citándome en el bar por la mañana. Lo hizo por teléfono, pues seguía con su política de no dejar pistas en forma de mensajes de texto. Su tono, sin embargo, ya no era de preocupación. Estaba eufórico y seguía así cuando me reuní con él. Esta vez sí devoró su pincho; eran apenas las diez de la mañana y llevaba ya dos cervezas entre pecho y espalda. «Te estoy muy agradecido, chaval. No sabes cuánto. Se supone que te tenía que entrenar, que te tenía que convertir en un hombre. ¿Y sabes qué? Al final ha sido al revés, joder. La vida es la hostia», dijo. Luego se me acercó, bajó la voz y añadió: «La historia esa del vecino cabrón... Mira que fue un marrón de cojones. Pero, hostia puta, ha despertado en mí algo que llevaba años dormido, tío». Volvió a su posición habitual, repantingado en la silla de plástico, y apuró la caña de un trago. «Me había convertido, sabes..., me había convertido en esa gente que habla y habla, que se queja teniendo razón, pero que no hace una puta mierda para que las cosas cambien, coño. Al final, el cabreo te va amargando por dentro, joder. ¡Hay que echarle cojones! Cuidado: echarle cojones con cabeza. Con método. Hay que valer. Por eso te dejé un poco fuera; no te ofendas, pero no estabas preparado. Yo tengo mi pasado, ¿entiendes? La vida me ha enseñado cuatro buenas cosas. Pero, lo tengo que reconocer, me había oxidado. Y con esa historia de repente he recuperado las ganas de poner las putas cosas en su sitio», confesó. Iba con el puntito (un poco borracho), pero algo le había pasado a ese hombre para que hablara así. «Julián, yo me alegro mucho; pero, si no me explicas qué ha pasado, me cuesta seguirte», le dije. «Nada, chaval, que estoy aquí por dos cosas. Punto uno: para darte las gracias. Punto dos: para despedirme de ti. Al menos, durante una buena temporada. He decidido poner en marcha un proyecto con el que llevaba un tiempo obsesionado, pero todo de boquilla, ¿sabes? Por fin, ahora, joder, se me han hinchado las pelotas porque me veo capaz de llevarlo a cabo. Soy un soldado, me cago en la puta. Estoy preparado para algo grande y la cosa es inminente. Tengo contactos y esto va para delante. Estoy decidido, estoy listo y lo voy a hacer ya», sentenció. Y, cuando vio que iba a decir algo, se adelantó: «Es todo secreto. Tiene que serlo. Pero, si todo sale bien, acabarás sabiéndolo y espero que entonces estés orgulloso de haberme conocido. Porque lo hago por gente como tú, cojones, gente buena que necesita que alguien dé un puñetazo en la mesa en este país de mierda y luche por sus intereses. El patriotismo es eso. A la patria no se la defiende con palabras; las cosas hay que hacerlas, hay que arremangarse». Dio un golpe en la mesa con el puño cuando remató el discurso y casi vuelca mi taza de café. «Anda, levántate, Antonio, compañero», ordenó mientras él mismo se ponía en pie. Hice lo que me pedía y me apretó la mano con mucha fuerza, sacudiéndola con energía y solemnidad marcial. Luego, con la mirada vidriosa, me dio una palmada en el hombro, emocionado, y se marchó para siempre con la cuenta sin abonar.

Ahora estoy muy asustado, pero en aquel momento aún no me daba cuenta de lo que se estaba fraguando. La misma mañana en la que Julián vomitó aquella retahíla de sentencias altisonantes, yo fui a trabajar como si nada, sin el regusto amargo de la sospecha. Lito me llamó un par de veces y me escribió un «¿qué tal todo?»; sin embargo, estaba decidido a marcar distancias, así que la ignoré. Merendé ese día con mi hermana un batido de vainilla que estaba buenísimo y me sentí feliz quizá por última vez en la vida. Aquello fue el canto del cisne de nuestra relación; en mi cabeza es ya el recuerdo de lo que pudo haber sido y no fue. No recuerdo ni de qué hablamos. Es como cuando ves a alguien por última vez sin saber que es la última. Mejor así, supongo. No lo sé. El martes: psicóloga, como siempre. Ni rastro de Yuri ni de su madre. Hablamos de las salidas campestres, de mi hermana; de hacer cosas, en definitiva. Mi vida aún parecía la de siempre. Y el miércoles estalló la bomba. Me enteré desayunando frente al televisor, gozando (por última vez también) de los cereales de chocolate rellenos de chocolate. Pillé la noticia a medias en el informativo, pero luego la leí completa en internet:

Detenido un experto tirador que anunció su intención de matar al presidente del Gobierno

Han detenido en Alcorcón (Madrid) a un vigilante de seguridad retirado, un experto tirador después de anunciar, en un mensaje privado a un usuario de un foro sobre las Fuerzas Armadas españolas, su intención de matar al presidente del Gobierno, Pedro Sánchez, en venganza por la decisión de exhumar los restos de Franco.

Las autoridades han confirmado hoy a través de Twitter la detención de esta persona que «pretendía matar» al presidente del Gobierno y al que se intervino «un arsenal de armas en su casa».

Fuentes del Ministerio del Interior han informado a EFE de que el tirador ya se encuentra en prisión.

Fue el usuario de este foro quien dio la voz de alarma sobre las intenciones de Julián M. cuando pasó de los insultos y las amenazas contra el líder del PSOE a solicitar apoyo logístico para cometer un atentado contra Pedro Sánchez aprovechando su pericia como francotirador y su material.

Tras solicitarse una orden de entrada y registro del domicilio de Julián M., los agentes hallaron 16 armas de fuego cortas y largas, incluido un fusil de asalto militar Cetme, un subfusil ametrallador checoslovaco Skorpion vz. 61 y cuatro rifles de alta precisión, capaces de acertar un blanco hasta a 1.500 metros de distancia.

La noticia solo mostraba una fotografía del presidente, pero supe que ese Julián era *mi* Julián. La conversación del lunes en el bar encajaba como un guante con los hechos descritos en la crónica. Es cierto que en un primer momento me dije que era imposible, que tenía que tratarse de una casualidad. Sin embargo, en mi fuero interno, me mordía la misma certeza que me asaltaba también en el colegio al entregar un examen importante que sabía que había suspendido. Con el corazón en un puño, busqué «Julián M.» en varios foros sobre el Ejército español y pude comprobar que el perfil aún no se había eliminado: una foto suya con un gorro de la Legión acabó de confirmar los peores augurios. Era él. Julián había intentado matar al presidente, animado por mí, según él mismo me había confesado dos días antes. Ese «experto tirador» le había hecho algo malo al vecino de Lito y, excitado como el tiburón cuando cata la sangre, quiso apuntar, literalmente, más alto. ¿Cuánto tiempo tardaría la Policía en atar todos los cabos? ¿Habría confesado ya Julián lo que fuera que le había hecho al desgraciado de Fernando? Yo le di dinero para un coche. Yo participé (y, de hecho, le involucré) en todo aquel asunto. Fui yo quien abrió la jaula del maldito tiburón señalándole a la presa. Lo pongo ahora por escrito y sigo sin creérmelo del todo. ¡Cuán de repente puede derrumbarse una vida tranquila! Mi pequeño mundo, destrozado de un solo manotazo. Me puse una pastilla bajo la lengua que en unos minutos espació los latidos de mi corazón, pero no pudo apaciguar los nervios. Daba vueltas por la casa como un ratón atrapado en un laberinto de laboratorio. Pensaba en Lito también, en lo que tardaría ella en sospechar. Dependería del momento en el que la prensa se decidiera a difundir fotos del detenido. «¿Puedes hablar, Antonio?» Como si lo supiera todo, volvía a reclamarme. Apagué el teléfono y al final me quedé traspuesto. Una media hora más tarde, me di cuenta de que estaba faltando al trabajo, algo nada bueno. Con las ideas un poco más claras, decidí que era importante no llamar la atención, no hacer cosas raras. Mi ansiedad anticipatoria, cada vez más respaldada por los acontecimientos del presente, me llevaba a imaginarme en un juicio, escuchando a los testigos llamados a declarar que me habían notado extraño, con una actitud distinta, y que había dejado de ir a trabajar. Tenía que adelantarme a estas sospechas, aunque no sabía aún cómo me las iba a apañar para actuar con sangre fría. Me di una ducha de agua helada, para enfriar la sangre, a ver si resultaba, y fui a la oficina con la cabeza hirviendo, pero sin perder del todo la calma. Nadie preguntó por mi retraso. La verdad es que en esos casos se agradece el ninguneo sistemático de los demás. Al acabar mi turno regresé a mi piso y decidí preparar una mochila con ropa y varios enseres personales por si era necesario escapar. ¿De quién? ¿De la Policía? No soy ese tipo de persona, me falta arrojo para convertirme en fugitivo de la justicia. Pero se me metió en la cabeza que tenía que huir antes de que se me involucrara formalmente en todo aquello. Me acordé entonces de tus ansias por refugiarte en mi casa; no sabes lo cerca que me sentí de ti. El resto de los días me he abstenido de ver la tele y de consultar la prensa. El móvil continúa apagado. He seguido yendo a trabajar con perfil bajo (mi perfil habitual) y creo que he podido guardar las formas, aparentar normalidad. El sábado (o sea, ayer) se complicó la cosa cuando sonó el timbre del interfono. El susto fue mayúsculo. Estaba tumbado en el sofá y me levanté en busca de la mochila, como si fuera a escaparme saltando por la azotea, igual que en las películas. Llamaron dos veces más y luego nada. Esperé un rato y decidí encender el móvil. Cuatro llamadas perdidas de mi hermana y unas diez de Lito. ¡Diez llamadas! Fui a los mensajes: «Hay gente en casa del vecino. Mucha gente. Creo que policías. Por favor, contéstame, estoy asustada». Pobre Lito. Pobrecita ella y pobrecito yo, dos desgraciados incapaces de matar a una mosca. Ella, capaz más bien de adoptarla. Deduje que la del interfono había sido ella y no pude hacer otra cosa que llamarla por teléfono. Se puso a sollozar, muy alterada, preguntándome dónde me había metido y echando mano incluso de alguna palabra malsonante, impropia de su tono habitual. «No sé nada, no sé nada de nada», ese era mi mantra. Comprobé que no se había enterado de lo de Julián, pero estaba claro que lo del vecino ya estaba en manos de las autoridades. Lito me hablaba cauta y distante, casi a la defensiva, porque mi silencio, un silencio repentino como el de Julián, había dinamitado ya toda la confianza que me tenía. Colgué el teléfono y, consciente de que faltaba muy poco para que la pista del coche me implicara en aquel asunto sucio, tomé la decisión de escribirte y pedirte auxilio, encomendándome a ti como a la Virgen. Mi virgencita rusa, mi compañera. Espero que contestes pronto, porque no hay pastillas suficientes para deshacer el nudo de angustia que me roba el aire.

Con tu amor siento calma
y a la orilla del río
tu calor se me agarra y me llenas
el alma de luz y rocío.

RE: RE: RE: RE: RE: RE: RE: RE: RE: RE: RE: RE: RE: RE: RE: RE: RE: RE: RE: RE: RE: RE: RE: RE: RE: RE: RE:

Natalya, queridísima Natalya:

Te he transferido mil euros porque no puedo esperar, porque necesito que entiendas que esto es serio. No sé con qué frecuencia revisas tu correo, pero estamos a martes y me voy a morir del sufrimiento. Un infarto es lo que me va a dar. Escríbeme. Confírmame que te llegó el dinero y dime si vamos adelante con el plan. Corrijo: dime *que* vamos adelante con el plan, porque, si no, me muero. Me muero ahora mismo si es que no. Poco te pido de momento y a todo estoy dispuesto por ti. Te aconsejé en su día que fregaras escaleras en España. Yo lo haré donde haga falta para sobrevivir. Friego lo que tenga que fregar, no se me caen los anillos. Solo necesito un sí. Y lo necesito ya porque el tiempo se me acaba. No han ido a por mí, pero siento que están al caer. No sé si la cara de Julián circula ya por los periódicos y por las redes, no miro el teléfono y me mantengo alejado de todo porque no me cabe ya más miedo en el cuerpo. He perdido el control. Adiós al perfil bajo. Y adiós a mi trabajo. ¡Se acabó! Mi mayor temor, quedarme sin empleo, se me antoja ahora un leve daño colateral. Lo que no quiero es quedarme sin vida. Esa vida de mierda que llevaba ahora me parece un sueño lejano, un ideal perdido. Te explico todo para que entiendas el punto en el que estoy. Ayer lunes, en la oficina, seguía yo con mi plan de fingir normalidad hasta obtener el pasaporte. Esa era mi única obsesión. Había pedido cita en una comisaría. La conseguí para hoy, martes, aunque en la otra punta de la ciudad, y puedo darme con un canto en los dientes (sentirme afortunado). Había rezado para que la expedición del maldito documento se produjera antes de haberme convertido en objetivo policial. Era una carrera contrarreloj y contra la eficiencia de las autoridades que se encargan del caso de Julián. No dejé de pensar ni un momento en el coche que yo había pagado, en la ayuda que le había pedido al pobre diablo («Lo hago por gente como tú, cojones», me había dicho), en cómo conspiramos juntos para enfrentarnos al vecino. Yo nunca ordené que se le hiciera daño, ni siquiera se me pasó por la cabeza; pero a la vista está que Julián se desmadró. Ansiedad anticipatoria en forma de imágenes terribles del vecino degollado, de su cadáver tirado en una cuneta. ¿Escondido acaso en el maletero del viejo Renault? Luego Julián, sintiéndose vencedor de aquel duelo, ebrio de adrenalina, se animaba a dar el golpe de su vida. A matar al presidente, nada menos, como soñaba desde hacía tiempo. Su ambición desmedida acabó por destapar el crimen que la había desatado. La Policía inspecciona el Renault de ochocientos euros aparcado en el aparcamiento del Valle de los Caídos (complejo monumental y templo de la patria). Fuerzan la apertura del maletero y allí está Fernando, arrugado y pestilente como un trapo viejo, criando malvas (muerto) por haberse atrevido a desafiar al loco equivocado. Escenas como esas, con pequeñas variaciones, se me cruzaban y se me cruzan aún por la cabeza («pensamientos intrusivos», así los llama la doctora). Yo soy fuerte, más fuerte de lo que pensaba. Pero ayer, eso es lo que te quería contar, se me fue todo de las manos en la oficina. Mis informes avanzaban lentos, aunque el trabajo ayudaba a contener mi morbosa y excitada fantasía. Hasta que entró Maru, la que limpia, y me preguntó si estaba sordo, si no oía la alarma. «Hay que evacuar, Antonio, hay simulacro de incendio», me dijo regañándome un poco por no enterarme de nada. Tras quince años en Jenkins & Co., te puedes imaginar que no era la primera vez que asistía a un simulacro de esos. Activación de la alarma, reconocimiento del foco (fingido) del incendio, control, verificación, evacuación del personal, recuento... Me sé el protocolo. Acompañé a Maru. Debíamos de ser los últimos que quedábamos por salir porque no vi a nadie más de camino a las escaleras. Maru se mostraba muy inquieta, como si se estuviera enfrentando a un incendio real, y su tensión activó la mía, cosa fácil porque no estaba precisamente relajado. De repente, frené en seco, miré a mi alrededor y me asomé por la ventana. «¿Qué haces?», preguntó Maru sin entender por qué me detenía. Le molestaba mi curiosidad y eso me hizo sospechar. Todo el mundo se había congregado ya en la entrada del edificio y, entonces, viéndome solo en su interior, me dio por pensar que Maru estaba haciendo de señuelo y que aquel supuesto simulacro de incendio no era tal. Me vino a la cabeza la imagen peliculera de la detención de un individuo imprevisible y con arrebatos violentos (el Volao) por parte de agentes de las Fuerzas Especiales, armados todos ellos, protegidos con chalecos, en unas oficinas previamente evacuadas para evitar víctimas civiles. Te juro que en aquel momento estaba convencido de que todo era una trampa. «No he hecho nada, Maru. ¡Te lo juro por Dios!», le grité a la pobre mujer. Ella se fue entonces, asustada, y tuve la certeza de que justo en aquel instante una patada en una puerta anunciaría la irrupción de los agentes, que me rodearían y me contendrían y se me llevarían de allí esposado y expuesto a las miradas de mis compañeros, que verían confirmadas al fin, y a lo grande, todas sus sospechas. Sentí rabia y me dio por escenificar un último gran gesto de protesta, así que abrí la ventana, agarré el monitor de un ordenador (con tanta fuerza que arranqué el cable de la pared) y lo arrojé al vacío. Un golpe seco en la acera y luego gritos de miedo y expresiones de sorpresa. Después de aquello me crecí y, como un arquero protegiendo su castillo del asedio, continué con lo que en mi cabeza era una legítima defensa. Mis flechas eran objetos de papelería y material de oficina. No sé cuántas cosas tiré por aquella ventana; reconozco que se me fue la cabeza y hay detalles que no recuerdo demasiado bien. Después del espectáculo, y viendo que nadie venía a por mí, decidí bajar corriendo por las escaleras, arriesgándome incluso a recibir algún balazo. Saltaba los peldaños de cuatro en cuatro. Aún no sé cómo no me tropecé estampándome contra el suelo. Ya en la recepción, con la vía de salida libre, pues todos se habían apartado de la entrada para protegerse de la lluvia de objetos, atravesé la puerta y me escapé sin detenerme a comprobar la magnitud del desastre que había provocado, corriendo sin descanso hacia mi casa, pensando que en cualquier momento me iba a desmayar. En un instante, de reojo, puede ver los rostros alucinados de Carlos, de Laura, de la rata del becario. Todo eso quedaba atrás y se hacía pequeñito, pero yo sabía que lo que había hecho se volvería contra mí, más pronto que tarde, con la fuerza de una bola de derribo.

No sé cómo fui capaz de llegar a mi piso. Imagino que, en estos casos, para sobrevivir, el cerebro activa el piloto automático. El agotamiento había hecho mella en mi imaginación desbocada y fui comprendiendo que se me había ido la olla (había desvariado). Pero ya era demasiado tarde, la ansiedad anticipatoria la había liado buena esta vez. Aunque los agentes especiales no me hubieran tendido ninguna trampa, estaba claro que la empresa no iba a pasar por alto mi arrebato violento y ya habría denunciado los hechos a las autoridades. No estaba seguro en casa. Era cuestión de tiempo que el interfono se pusiera a chillar con un estruendo metálico para que me rindiera, para que abriera la puerta y me entregara. Si no caía por lo de Julián, lo haría por esto. Revisé mi mochila de emergencia, lista para la huida, me tomé una pastilla para los nervios y me di una ducha rápida porque estaba empapado en sudor. Luego, un poco más calmado y aún con la toalla como único atuendo, me senté a la mesa del salón y le escribí una carta a la Virgi. Una carta de despedida. Tuve que tachar el membrete de Jenkins & Co., ya que los únicos folios que tenía eran los de la oficina, así que la carta en cuestión quedó estéticamente un poco torpe, amén de que mi letra parecía la de un niño de seis años por culpa de los nervios. No estaba a la altura de la solemnidad del momento, aunque hice lo que pude. Por respeto a mi hermana, no reproduciré aquí ningún fragmento de la carta; es un documento tan íntimo y personal como la correspondencia que tú y yo mantenemos y que por nada del mundo compartiría con otros, como te he dicho en más de una ocasión. Puedo decirte que me abrí en canal, que le conté al fin el gran secreto que tanto me pesaba, la taza del Real Madrid llena hasta el borde de café con muerte. También mi culpa por asistir siempre callado a la violencia, la de casa y la del colegio, riéndole las gracias al Fran, clavando por sistema mi mirada cobarde en el mantel de flores cuando volaban los puñales en las comidas en familia (recuerdo que me limitaba a aplastar migas de pan con el dedo mientras mi padre la aplastaba a ella) y sintiéndome, en definitiva, parte del problema, un cómplice más de las maldades de este mundo. Quise, eso sí, terminar con lo bueno. Le agradecí que hubiera correspondido a mi reciente acercamiento, rememorando el bonito paseo por el cementerio, los días que estuvo viviendo en mi casa, intentando recuperar el tiempo perdido y apoyándome sin caer en la tentación de juzgar mis silencios. Le dije, porque es verdad, que recordaría hasta el final de mis días las salidas al campo con la gente del gimnasio; momentos en los que ella y yo parecíamos, a ojos de los demás, parte de una familia normal. En el último párrafo, eso sí, la carta se convertía en una amarga confesión. No tenía alternativa, debía compartir con ella mis peores sospechas sobre Julián, admitir mi parte de culpa. Y contarle también mi reciente estallido en la oficina con el que había puesto un lamentable broche a casi dos décadas de riguroso trabajo. Procuré que comprendiera mi necesidad de dejarlo todo atrás y que tuviera algo más que la versión de las autoridades y los medios de comunicación. Le dije que se sintiera libre de trasladar la información a mi psicóloga, que así podría atar los cabos sueltos y explicar a los demás, con su voz experta, los motivos de mi arrebato y de mi huida desesperada. Dejé los folios doblados encima de la mesa, bajo un pisapapeles de propaganda, con un papel con la frase «Para mi hermana Virginia», y pensé que aquello parecía más bien una nota de suicidio. Lo era, en cierto modo, pero salvando siempre las distancias, pues siento un gran respeto por quienes reúnen la valentía suficiente para quitarse la vida y no me atrevería nunca a compararme con ellos, que son los verdaderos héroes de nuestro tiempo.

Salí por última vez de mi casa con la mochila a cuestas, cerré la puerta y dejé las llaves metidas en la cerradura para que cualquiera pudiera entrar. No quería que se demoraran en hacerlo: esos momentos de incertidumbre, en los que fuerzan la puerta esperando encontrar a un muerto dentro, habrían destrozado los nervios de mi hermana. Ya en la calle, no pude evitar sentirme observado. Supongo que esa sensación es la cruz con la que tenemos que cargar los que huimos de las fuerzas del orden; algo parecido a lo que les ocurre a los famosos, pero para mal. Cogí un autobús y me fui hasta el barrio de Ventas, donde se encuentra la comisaría en la que debía sacarme el pasaporte. Anochecía y la cita estaba programada para la mañana siguiente, así que tuve que hacer tiempo. Me costó resistir la tentación de consultar el móvil, que seguía apagado, y cuando pasaba por delante de un bar miraba de reojo el televisor, con miedo a ver mi cara en la pantalla, o la de Julián, o la de mis ya excompañeros de trabajo ofreciendo su testimonio con asqueroso regocijo a periodistas hambrientos de drama. La gente no se fijaba en mí, o al menos eso creo, pero yo intentaba caminar siempre mirando al suelo, ocultando mi rostro. El miedo había tomado el control y eché de menos la sesión de terapia, la primera que me había saltado. Pero no podía elegir. Compré un bocadillo y un refresco en un chino (supermercado barato y siempre abierto) y cené en el parque del Calero, donde al final hice noche, como un mendigo. Me han despertado los ladridos de unos perros a las siete de la mañana, pero he dormido del tirón, acurrucado en un banco en posición fetal. Uno da por hecho que pernoctar en la calle es un humillante calvario; sin embargo, ahora puedo asegurar que ni tan mal. Al menos, cuando el tiempo acompaña, que con eso sí he tenido suerte. En tu país supongo que será distinto con tanto frío. No sé si me voy a acostumbrar a vuestro clima porque soy muy friolero. Confío en que me ayudarán tus «abrazos calientes», como los llamas tú. A las nueve, nada más abrir al público la oficina del banco, he sacado casi todo el efectivo de mi cuenta salvo los mil euros que luego, conectando el portátil a la red de una cafetería, te he transferido a través de Western Union (¡lo he logrado a la primera!). Sé que corro un gran riesgo llevando tanto dinero encima, pero no sé si en Rusia podré acceder a mi banco o si las autoridades intervendrán antes la cuenta para acorralarme. En el baño de la misma cafetería me he aseado un poco, afeitándome con la maquinilla y echándome gomina en el pelo, para luego hacerme las fotos del pasaporte en un fotomatón (suena mal, pero es una cabina donde puedes sacarte fotos). La rendija ha escupido una cuadrícula con el retrato repetido de un pobre desgraciado que no se parece a mí más que en el corte de pelo. Estoy desmejorado y tengo cara de malo, esa es la verdad. La cita en la comisaría era a las doce y la espera ha requerido dos pastillas bajo la lengua para controlar los nervios (temo, por cierto, que se me vayan a acabar y en Rusia sea imposible conseguirlas; ya me dirás cómo está el tema en tu país). Me he sentido como un delincuente preparándose para regresar al lugar del crimen, jugándoselo todo. A las doce menos diez, mientras pasaba el control de metales y le explicaba a un agente que acudía para sacarme el pasaporte, me he dado cuenta de que ni con calmantes iba a aparentar normalidad, pues me temblaban la voz y las piernas. En mi frente llevaba escrita la palabra «culpable». De todas formas, y admitiendo que, cuando estoy alterado, tomo las peores decisiones, me atrevería a decir que esta vez he reaccionado con inteligencia: cuando, tras veinte minutos de espera inaguantable, me he sentado frente a la agente que iba a expedir el documento, he decidido afrontar la situación confesándole que acababa de ser padre. ¿Qué te parece la jugada? Mi aspecto desaseado, mis ojeras y mis nervios se explicaban a la perfección en el contexto de una reciente paternidad. Además, la excusa me ha granjeado su simpatía de forma inmediata. «¿Niño o niña?», me ha preguntado. «Se llama Natalya», he respondido casi sin pensar y procurando no detenerme en detalles porque, como sabes, miento fatal. Pienso ahora que, si el futuro nos da una tregua y acabamos teniendo una niña (¿te lo imaginas?), se tendrá que llamar así: Natalya. Espero que te guste tu nombre. A mí el mío no me gusta nada; al final, todo el mundo en el colegio me acabó llamando Camu, de Camuñas, creo que ya te lo conté. Luego, de ser el Camu pasé a ser el Volao. Y a saber qué sobrenombre me pondréis en Rusia. Da un poco igual el nombre que figura en los documentos oficiales, pues es la gente la que acaba decidiendo cómo te vas a llamar y, si me apuras, también en qué tipo de persona te vas a convertir. El azar y el miedo han hecho de mí un pobre fugitivo que se siente ahora a tu merced. Llevo todo el día metiéndome en cafeterías para consultar el correo en el ordenador, como un marinero que atraca en cada puerto con la vana esperanza de hallar cobijo en pleno temporal. Si no me respondes en lo que queda de día, me veo de nuevo durmiendo por ahí como un perro callejero (quizá no debería dormirme con casi ocho mil euros encima, literalmente todo lo que tengo). Tal vez me vaya al aeropuerto para esperar allí tu mensaje y salir pitando de España en cuanto lo reciba. España. Un país que, para mí, es ya tierra quemada. Solo hay futuro en tus brazos, Natalya. Escríbeme. Agárrame bien fuerte antes de que me trague la nada. «Es duro al principio, pero merece la pena.» Estas palabras de la agente al despedirse, referidas a la paternidad, me las aplico al desafío que tenemos por delante. Hagamos que merezca la pena.

RE: RE: RE: RE: RE: RE: RE: RE: RE: RE: RE: RE: RE: RE: RE: RE: RE: RE: RE: RE: RE: RE: RE: RE: RE: RE: RE: RE:

Natalya:

Sigo sin saber de ti y me pregunto si es porque consultas internet solo una vez a la semana. El miedo traicionero me lleva a preguntarme también si lo que pasa es que te arrepientes de haberme conocido, si me culpas ahora de todo el mal que ha ido brotando a mi alrededor estos últimos días. O si tienes miedo de ser cómplice y prefieres apartarte. Podría entenderlo. Solo espero no haber fracasado en mi intento de presentarme ante ti sin maquillaje (es decir, sin callarme mis debilidades y defectos, pero, ojo, exhibiendo también las escasas virtudes que poseo). «¿Cuáles son esas virtudes?», pienses quizá. La honestidad, la verdad siempre por delante; al menos, en esta atribulada colección de mensajes que cimienta nuestra relación. Y también que soy buena persona, Natalya, pese a las dificultades que he tenido que enfrentar (entre ellas, la particularidad de mi propio carácter). Pero no quiero excusarme: si me has condenado o has decidido no ensuciarte las manos, ya está todo perdido para mí, así que qué más da. Y si nada de esto es lo que pasa, si por fortuna te llegan de golpe mis últimos mensajes un domingo por la tarde y te conmueve el relato apresurado de mi caída al abismo, necesito que respondas *ipso facto*. Porque tu dulce melocotón ya está aquí, en Rusia. No podía esperar más. Me lancé con lo puesto a la aventura, sin nada que perder. La presencia de agentes de la Guardia Civil en el aeropuerto me ponía enfermo. Estaba más cerca de la huida, pero también rodeado de posibles captores. Mataba el tiempo paseando por los mostradores de las compañías aéreas e intentando conectarme sin éxito a la red pública del aeropuerto, procurando no acercarme demasiado al control de seguridad. Al final, me senté en un banco y encendí el teléfono para utilizar mi plan de datos y actualizar el correo una y otra vez: F5, F5, F5. Publicidad, mensajes que solo son estafas para bobos y poca cosa más. Y, sobre todo, mucho miedo a que las autoridades rastrearan mi señal. Leía una y otra vez tu último texto, como si con ello fuera a invocar otra respuesta tuya. Nada de nada. Apagaba el móvil para que no le siguieran la pista; sin embargo, la inquietud me forzaba a encenderlo de nuevo minutos después. El chat era un hervidero de mensajes que no me atreví a leer ni en una sola de esas ocasiones, sabiendo incluso que algunos eran de mi hermana. Llamadas perdidas suyas, más de diez, y otras tantas de Lito. Tuve la templanza de no consultar la prensa, aunque no logré evitar que me asaltaran varios momentos de crisis, que contuve como pude encerrándome en el baño, donde pasé muchas horas (no sabría decir cuántas, pero seguro que más de tres y más de cuatro; hay vastas lagunas en mi memoria). Las conversaciones de los pasajeros que cazaba al vuelo parecían cuchicheos sobre mí, cada mirada era un señalamiento. No podía soportarlo, sentí que iba a romperme. Antes de sucumbir a otro arrebato, tuve la determinación suficiente para sacar dinero de mi mochila de emergencia y tomar la decisión más importante de mi vida. Me dejé llevar sin darle más vueltas porque no podía más. Mi único objetivo era acercarme a ti, pasara lo que pasara luego. Dejé de esperar noticias tuyas, aferrándome a la posibilidad de que me escribieras días más tarde, quizá el fin de semana, y que entonces estuviéramos a pocos kilómetros de distancia, listos para el ansiado encuentro. Prefiero vagabundear cerca de ti, muy lejos del inminente desastre. No soy ingenuo, ya sé que las autoridades pueden dictar órdenes internacionales de búsqueda y captura; pero tengo que confiar en que aún me queda tiempo. ¿Tiempo para qué? ¿Para empezar contigo una nueva vida? ¿Acaso es mucho pedir? No quiero dejar de intentarlo, aunque sea un ridículo disparo al aire. Escribo todo esto sin conexión, palabras para nadie vertidas en el pozo negro de mi soledad. Todo es extraño para mí ahora. Los lugares, las gentes. Yo mismo no me reconozco. Me siento frágil, expuesto a todo daño. Necesito pensar que me he alejado de lo malo, pero sigo «instalado en la paranoia», como diría la doctora Toro. La echo de menos. Era un pilar para mí, un amarre. Ahora navego a la deriva, aguardando una respuesta tuya que dibuje un itinerario vital en mi horizonte inmediato. Mientras tanto, me las he apañado para que me dejen dormir en una especie de hostal de mala muerte en las afueras de Moscú. No sé si sigue siendo Moscú, de hecho, porque estoy desorientado y me comunico con balbuceos y con gestos. He caminado mucho sin saber adónde. Sé que se ríen de mi torpeza, aunque me esfuerce por ocultar mi fragilidad; a la vista está que soy un pobre hombre desamparado en un lugar hostil y extraño. Me alojo, o mejor dicho me refugio, en un cuarto mugriento en el que duermo bocabajo en una cama vieja con la ropa puesta, con la mochila parapetada entre el colchón y el pecho. Todo el dinero que me queda, protegido entre las sábanas viejas y mi propia carne, es un sándwich mixto preparado con las sobras de mi vida. Como no puedo descansar, uso el portátil para escribir estas líneas sensibleras y tristes, porque hacerlo mantiene viva mi conexión contigo. Experimento momentos de absoluta flaqueza en los que me siento tentado de llamar a mi hermana, de desandar el camino y entregarme. Para mí sería una derrota hacerlo tan pronto, sin haber explorado antes la posibilidad que se nos abre a ti y a mí si finalmente me tiendes tu mano. Releo tus torpes pero dulcísimos piropos. Creo en la verdad que encierran, así que me niego por ahora a descartar que, cuando pueda consultar de nuevo mi correo, me libres por fin de este purgatorio horrible. No sé ni qué día es. He ido avanzando a ciegas, sin planificar, sin apenas entender lo que hacía o lo que me decían. No estoy ubicado, soy incapaz de razonar. Miro por el cristal empañado del ventanuco de la habitación y apenas distingo nada, como si estuviera de vuelta en el cubículo ciego de la oficina donde consumí mis días de relativa calma. Mi hermana cambiaría el suelo de este antro por una tarima moderna y funcional y pintaría las paredes de un color crema que aportaría luz al gélido ambiente de tu patria. Pienso que en una celda estaría mejor. Puede que haya sido peor el remedio que la enfermedad. La paranoia es ahora mi fiel compañera, una nube eléctrica que me sigue a todas partes, friéndome con calambres de terror y de sospecha. Logré adentrarme en un agradable duermevela hace un rato, pero empecé a oír que me llamaban. «Pst, pst», una voz susurrada salía del baño, rompiendo el silencio. «Pst, pst.» Ni siquiera estaba seguro de haber revisado la estancia al acomodarme en ella (acomodarme es un decir). ¿Se me había pasado por alto la presencia de un intruso agazapado en el lavabo? «Pst, pst.» Otra vez. Inquietante y tentadora la voz del invasor. Si pretendía robarme, ¿por qué tanto misterio? No sé cuánto tiempo llevo sin comer; no tendría apenas fuerzas para oponer resistencia. Siento que todo el vigor que me dieron las sesiones en el Boba Fit se ha escurrido como el agua entre las manos en cuestión de horas. Soy presa fácil. Tal vez por eso el atacante prefiere el sadismo. Porque puede recrearse en su maldad. «Pst, pst.» Me armo de valor y me levanto, aún con la mochila en el pecho, como si fuera un chaleco antibalas, y me acerco al baño casi a tientas, ayudado a duras penas por la claridad precaria que atraviesa la ventana opaca. «Pst, pst.» Me cago en su puta madre, con perdón. «No merezco este escarnio», pienso. Pego mi espalda a la pared, empujo con el pie la puerta del lavabo, sigiloso. «Pst, pst.» Ahora que se oye mejor, el sonido ya no parece humano. Me atrevo a irrumpir en el baño a oscuras y el espejo escupe la imagen de mi aspecto estrafalario. No hay nadie más que yo. Y entonces lo veo. «Pst, pst.» Un aparato ambientador, un difusor o como demonios se le llame. «Pst, pst.» Casi me rocía la cara cuando me acerco a mirarlo. Intento quitarle la pila y no me aclaro, así que lo dejo fuera, en el pasillo del hostal. Al cerrar la puerta me doy cuenta de que se sigue oyendo; pero ya menos, mucho menos. Se va integrando en el rumor latente del mundo. Regreso entonces aliviado a la cama, que chirría al encajar mi cuerpo, y me duermo un rato, creo, o varias horas, no lo sé, pues me cuesta calcular, como te digo. Se me hace difícil seguir el hilo de la vida porque sigo desanclado y presa del agotamiento. Me digo que mañana probaré suerte con el móvil; tal vez aún tenga batería. Quizá en Rusia se puede conectar también. Creo ver que los enchufes son normales aquí (es decir, como los nuestros). Me alegra que me reconforte esta estupidez: un enchufe como hogar, como asidero de mi identidad perdida. No sé ya ni lo que digo. Ni para quién lo digo. Voy a cerrar la tapa del ordenador de un golpe, como si espantara así todo lo malo. Un portazo seco cerrando el ataúd para el descanso eterno. «Pst, pst.» Ya está. Se acabó.

RE: RE: RE: RE: RE: RE: RE: RE: RE: RE: RE: RE: RE: RE: RE: RE: RE: RE: RE: RE: RE: RE: RE: RE: RE: RE: RE: RE: RE:

Natalya:

El frío de tu tierra despierta y tonifica. Ha obrado en mí milagros. También el instinto de supervivencia, que me ha dado fuerzas para salir del hostal y adentrarme en este mundo nuevo plantándole cara al miedo. Ha valido la pena, ahora me siento capaz de empezar una nueva vida. Más sereno que ayer, he podido disfrutar de mi paseo por las calles rusas, que se me antojan familiares, como los enchufes. He desayunado un bocadillo de mortadela con una Coca-Cola, confortado al comprobar que aquí también se venden esas marcas emblemáticas del capitalismo, omnipresentes para bien o para mal, como el aire que todos respiramos. Me he dejado guiar por la intuición con afán de conquista, ya sin huir de nada, abierto simplemente a lo que esté por venir, a lo que la vida tenga a bien ofrecerme. Ni siquiera me atormenta la espera de una respuesta tuya y me aplico lo que ya te dije en su momento: para ayudar a los demás, uno debe ayudarse primero a sí mismo.

Deseo que, si el destino favorece nuestro encuentro, conozcas una versión de mí totalmente recompuesta, lista para amarte y cuidarte como bien mereces. No quiero que tengas que cargar con un ser desvalido y necesitado; para eso ya tienes a tu pobre tío enfermo. Me he cansado de llorar y de temerle a todo. Tocar fondo me ha forzado a sobreponerme.

Vagando con determinación por estas calles he acabado recalando en la consulta de la doctora Torov. No me esperaba, claro está. Me he disculpado por presentarme allí sin previo aviso. Le he explicado que lo he pasado mal, pero que he dejado lo peor atrás. Es más seca que su homóloga española, lo cual sin duda resulta comprensible porque es otra cultura y cambian las formas de dirigirse a los demás. Me ha hecho esperar un poco y he aprovechado entonces para fijarme en los pacientes rusos, preguntándome si sus problemas se parecen a los nuestros, a los de los españoles. Supongo que, en el fondo, la ansiedad es un idioma universal. Después de improvisar un hueco en su apretada agenda, Torov me ha recibido y se ha puesto a hablarme de pastillas y de médicos. Dice que necesito antipsicóticos porque me ve mal. Ha recitado nombres de compuestos químicos imposibles de retener, como palabras de un poema improvisado que se olvida en el instante mismo en el que se declama. Si leyera la prensa española, si supiera lo que se me vino encima, elogiaría ahora mi fortaleza sobrehumana. Yo la he dejado hablar, sin intención alguna de llevarle la contraria, escuchando dócilmente sus indicaciones, sin inquietarme lo más mínimo cuando ha deslizado la idea de un posible ingreso preventivo para ayudarme «a encontrar de nuevo la estabilidad». Me ha pedido con énfasis que hable con mi hermana para que me acompañe en todas estas gestiones que hay que hacer. «Es importante, Antonio», ha recalcado con aire teatral. Puede que ayer, hundido como estaba, le hubiera tomado la palabra. «¿Por qué has venido si dices que te sientes bien?», ha preguntado con su duro acento local. Le he respondido la pura verdad: que uno busca lo familiar cuando aterriza en tierra extraña. Es una forma de afrontar los cambios de manera gradual y también de combatir la terrible nostalgia. Le he confesado que la echaba de menos, no solo como terapeuta, sino también como parte de mi paisaje vital. Ella se ha esforzado por mantener el rostro inalterado, con clínica neutralidad. Pero sé que, por dentro, ha notado el calor de mis palabras.

He salido a la calle sin aprovechar la hora entera de terapia, prometiéndole a la doctora que le haría caso y que acudiría a ese médico suyo, como quien le da la razón a una madre preocupada por peligros que solo existen en su morbosa fantasía (¿cómo se dice en ruso «ansiedad anticipatoria»?). No sé si ha sido obra del destino o de la casualidad, pero en mi excursión sin rumbo fijo por las calles moscovitas me ha parecido ver a un niño con el brazo escayolado doblando una esquina. He apretado el paso para darle alcance, pero ha logrado confundirse entre el gentío. Me he ido alejando de la urbe, ya que me apetecía ver el campo, aunque al final he sido incapaz de sortear una ruidosa autopista y he caminado un largo rato por el arcén, con mi mochila a la espalda, como si fuera un estudiante de veinte años en busca de aventuras. Sentía esa vitalidad que da la juventud, esas ganas de comerse el mundo. Y hablando de comer, he parado a descansar en un merendero y me he dado cuenta del hambre que tenía. Como si me hubiera leído el pensamiento, a los pocos minutos ha hecho acto de presencia un felino de aspecto poco callejero y he captado al instante la señal. No es que me apeteciera mucho un guiso vegano; además, estoy seguro de que la Lito de aquí cocina con remolacha, cuyo rojo sangre me da cierto repelús. Pero he pensado: «¡Qué demonios, seguro que se alegrará de verme!». No es fácil perseguir a un gato. Debo decir que por su culpa casi me atropellan y he tenido que saltar varios arbustos hasta adentrarme en un bosque, donde no he tardado en perder de vista al animal. Sin embargo, he podido seguir el rastro de su olor (corriendo, eso sí, para olfatearlo antes de que lo dispersara el aire). Sudado y manchado de barro, arrastrando restos de zarzas clavados en las zapatillas, he llegado a un barrio periférico de la ciudad; sin duda, una zona pobre, como pobre es el barrio de la Lito que tenemos en España. Mi aspecto desastrado no llamaba la atención en un área tan deprimida, pero eso no ha evitado las miradas recelosas de algunos vecinos que se han cruzado en mi camino. Esos transeúntes curiosos me han despistado, provocando que extraviara la pista que el gato de Lito (¿Bob?, ¿Marley?, ¿alguna versión rusa?) me dejaba con sus feromonas, así que me he quedado por ahí oliendo el aire e imagino que llamando mucho la atención. Por el lateral de un callejón han irrumpido entonces tres hombres de considerable altura y buena constitución gritándome cosas en ruso. He dado por hecho que eran sicarios a las órdenes de Julián, que se habrá propuesto borrarme del mapa para que no hable. No he esperado a confirmarlo y me he dado la vuelta para salir pitando de aquella encerrona. Pero me han alcanzado, cómo no, y me han tirado al suelo a empujones para arrebatarme luego la mochila con todo lo que tengo. ¡De bien poco sirvieron mis visitas al gimnasio! Por debajo de sus estruendosas risotadas me ha parecido intuir el maullido burlón del gato de Lito y he sentido en el estómago la mordida de la traición. ¿Se han aliado para eliminarme? Nunca percibí el mayor interés de Lito por Julián (de hecho, todo lo contrario), pero quizá me engañaron como a un tonto. Pensaba en todo esto cuando los delincuentes al servicio de mi antiguo entrenador, o de su homólogo en Rusia, empezaban a divertirse a mi costa, propinándome patadas mientras uno de ellos revisaba el botín haciendo muecas propias de una hiena. Y ha sido justo entonces, mira tú por dónde, habiéndolo dado ya todo por perdido, cuando ha acudido en mi ayuda mi pequeño compañero de tormentos y ansiedades, mi colega de consulta de mirada intensa y poquísimas palabras. El niño Yurov se ha plantado sin miedo alguno frente a aquellas moles y se ha lanzado con fiereza contra ellas, agitando con una fuerza desproporcionada su bracito escayolado, convertido ahora en arma disuasoria. Me he incorporado sin notar apenas el dolor, por efecto de la adrenalina, y para entonces la criatura ya había espantado a mis agresores, que, aun así, han logrado llevarse mis efectos personales. Le he dado las gracias a Yurov, pero ni se ha inmutado. Me ha clavado, eso sí, esa mirada rara que tiene, y luego se ha puesto a andar a paso ligero con mucha determinación, sabiendo claramente adónde iba. Le he seguido sin hacer preguntas, decidido a acompañarlo al fin del mundo si era necesario. Con su brazo reforzado y su bravura de cosaco, me he sentido tan seguro que ni siquiera la amenaza de Julián y de Lito, los dos conchabados en mi contra, ha logrado amedrentarme. Todo el cariño y el respeto que sutilmente le había profesado al pequeño Yuri semana tras semana no había caído en saco roto. Yurov se siente en deuda conmigo; o tal vez es solo compasión lo que motiva su heroísmo. De camino a no sé dónde, te escribo todo esto en mi cabeza, ya sin posibilidad de usar mi ordenador. A estas alturas, eso da igual. Asumo que no me vas a leer, pero le hablo ahora al lugar que sigues ocupando en mi mente y en mi corazón. Las personas que no están permanecen como muebles viejos; creo recordar que ya compartí contigo esa teoría mía. Yurov me lleva de vuelta a la ciudad. Estamos desandando el camino. Regresando, me parece a mí, a la consulta de la doctora Torov. Puede que pretenda trazar con su ayuda algún plan para enfrentarnos a Julián y a Lito, si es que son ellos los que están detrás de lo ocurrido. Ya sé que peco siempre de paranoico y desconfiado, pero me han molido a palos y eso es tan real como el dolor que empieza a manifestarse en mi costado, en mi pierna derecha y también en mi cabeza, que me hierve de tanto pensar, de tanto escribirte con la mente. Subo a duras penas las escaleras de la consulta, pero hago el esfuerzo porque sé que a Yurov le da miedo el ascensor. Por este niño subiría yo montañas y pelearía hasta desangrarme como él ha peleado por mí. Ojalá la doctora no nos haga esperar.

RE: RE: RE: RE: RE: RE: RE: RE: RE: RE: RE: RE: RE: RE: RE: RE: RE: RE: RE: RE: RE: RE: RE: RE: RE: RE: RE: RE: RE: RE:

Natalya, o tu recuerdo:

Cuando escribes directamente en el aire por el que circulan tus propios pensamientos, las palabras se dispersan al momento y no hay tiempo de volver sobre lo dicho para matizar, para pulir las expresiones. Soy una persona articulada, pero me resulta muy difícil seguir en estas condiciones el hilo de un discurso. Tienes que disculpar mi prosa torpe, reiterativa tal vez, o en ocasiones inconexa. A eso debo sumar las lagunas que se han formado en mi memoria, fragmentos de tiempo sin registrar que convierten las certezas en meras sensaciones y la realidad misma en una vaga remembranza. Puedo ceñirme a lo que se me presenta ahora como evidente: estoy tumbado y me pesan los ojos. De esto sé que no puedo dudar. Lo que en España llamamos «estar grogui» (confuso, aletargado) es lo que describe de forma más precisa mi condición actual. No sé si has leído a Descartes. Supongo que en Rusia tenéis otros referentes intelectuales. Pero, para que tú me entiendas, aunque ni siquiera existas ya para mí (cosa, por otra parte, también muy cartesiana), podríamos decir que mi mente es en estos instantes una especie de *tabula rasa*, un espacio por llenar solo con aquello que se presente en mi sensibilidad como evidente, como incuestionable. Estoy grogui y tumbado en lo que parece ser una cama, luego existo. Más allá de eso, no sé si mi testimonio es confiable. Recuerdo a la doctora Torov hablándome con preocupación, acompañándome a algún sitio con premura, preguntando por mis recientes lesiones. No sé si fui capaz de explicarle lo que me pasó con pelos y señales (con exactitud y detalle), pero recuerdo que me dieron (¿quiénes?, no puedo recordarlo) unas pastillas que me provocaron, creo yo, esta sensación de pesadez existencial y, al mismo tiempo, y eso es raro, de ingravidez en la cabeza. Como ves, el texto se empieza a embarrancar; las reflexiones se van deshilachando, o se vuelven extrañamente densas, inconcretas. Volvamos a la esencia del momento. Percibo la calidez del ambiente no en el sentido emocional, sino estrictamente térmico. Y también un ligero olor a comida, puede que a pan. ¿Pan recién horneado? El olor de los que dejan este mundo. A fin de cuentas, quizá ni siquiera estoy en disposición de asegurar que existo, ya ves tú. Las palabras siguen goteando en algún rincón de mi cabeza, por lo que entiendo que no todo está perdido. Noto cómo voy abandonando gradualmente el adormecimiento inicial. Me veo capaz de forzar la apertura de los párpados. Así que creo que lo voy a intentar. Lo hago. Me parece que he dejado escapar un gorgoteo en el intento, seguido de un quejido gutural. Siento ahora, y eso es nuevo, la existencia de mi mano. Eso ocurre porque hay otra mano que agarra la mía con bastante fuerza. Esa fuerza me recorre hasta alcanzar mi párpado derecho, que se alza torpemente, tembloroso. Percibo una esfera acuosa de luz y mi cerebro, aún lento, empieza a procesar el cúmulo de información confusa. La mano ajena acaricia la mía y el párpado izquierdo, como con miedo a quedarse rezagado, se pone al fin las pilas (se decide a actuar). «Antonio.» Es mi nombre. Lo reconozco y me tranquilizo, pues deduzco que no estoy tan mal. «No te preocupes, que te vas a poner bien.» Esa voz tan familiar no es solo familiar porque la oiga a menudo, sino porque es la voz de mi familia. Es la voz de mi hermana. Virginia Camuñas Lorente. Lo confirmo ahora con los ojos bien abiertos, un poco cegados por la luz aún, pero capaces ya de percibir su inconfundible silueta, de la que emana la voz que me habla y que me reconforta. No puedo responderle aún y eso me inquieta, aunque lo compensa la certeza de sentirme en casa. «Te vas a poner bien», repite. Y su mano se lo confirma a la mía. Esa mano, la mano fuerte y caliente de Virginia, es en realidad lo que me mantiene anclado al mundo, la certeza de todas las certezas. Puedo dudar de todo, pero no de que mi hermana está conmigo diciéndome que me voy a poner bien. Nunca he confiado tanto en nada como en esto que me está diciendo. Creo que no necesito nada más. Me siento, al fin, radicalmente en calma. A riesgo de sonar grandilocuente, te confieso, querida Natalya, que experimento ahora mismo la serenidad del que atesora por primera vez una convicción inquebrantable.

AGRADECIMIENTOS

A Nikki García, lectora incondicional de lo que escribo y de lo que pienso.

A los amigos y a los cómplices que se entregaron con cariño a la lectura del manuscrito:

Fernando Costilla, Alberto González, Manuel Bartual, Candela Sierra, Kike García, Juanjo Ramírez, Javi Ramos, Carlos Fernández, Luis Piedrahita, Riki Blanco, Abi Enrech, Alba Diethelm, Sergi Siendones, Ximena Feijóo, Alfonso Torán, Nacho Sánchez Quevedo, Oriol Puig, Xavier Puig, Maica Ripoll, Pablo Maqueda, Haizea G. Viana, Ana Boyero, Kiko Amat, Santiago Lorenzo, Juan Manuel Gil, Marta Sanz y Elvira Lindo.

A Andrés Fajngold, cuya ruina inspiró uno de los momentos de la novela.

Y, por supuesto, a Antonio Manuel Camuñas Lorente, por darme acceso sin reservas a su bandeja de entrada.

temas de hoy